埃及守護神

THE KANE CHRONICLES

魔法師養成手冊

雷克・萊爾頓 Rick Riordan◎著
楊馥嘉◎譯

遠流

特別感謝史蒂芬妮・特魯・彼得斯（Stephanie True Peters）
謝謝她對本書的協助

埃及守護神

【目錄】

魔法師養成手冊

第一天神家族

其他重要天神

古埃及動物神

獻給所有年輕魔法師：
願你們的魔棒永不斷裂
你們的象形文字總是閃耀光芒

開啓通道

啊！

翻譯：呃，你完蛋了。你發現了這本書，那就表示你已經警告了附近的怪物與魔法師敵人，向他們宣告你擁有魔法力量。很快地，他們會找上你。想避開的話，先把你的手放在本書封面上。有個通道會打開。跳進去。我們將在另一頭等著迎接你（然後會給你一個杜埃嘔吐袋，如果你需要的話）。

喔，提醒你一下……從現在起，一切可能開始變得有點詭異。

——古夫（布魯克林之家的狒狒管家）

有點詭異。是啦，這也是一種說法。——莎蒂

新生注意事項

從通道抵達屋頂後，為避免馬上被我們的半馴化葛萊芬「怪胎」給吞食，請先用一隻冷凍火雞餵飽牠。專攻碎冰、雪花、冰塊和冷氣魔法的實習生菲力斯提供了冰磚金字塔，你可以在裡頭找到火雞。

——卡特・凱恩

生徒專用之書

文／卡特．凱恩

哈囉，生徒！歡迎來到布魯克林之家。我是卡特．凱恩。我的妹妹莎蒂和我負責管理這裡——沒錯，我們真的是親兄妹，雖然我們看起來一點都不像。我長得比較像我爸，朱利斯，他有棕色眼睛與黝黑的膚色。這意思是，他「以前」皮膚是黑的，現在變比較藍了……之後我再解釋原因。莎蒂和我們的媽媽比較像，擁有粉白色皮膚、金髮和藍眼睛。【我媽現在真的很白，甚至是透明的。不過，她現在是鬼，所以……嗯，就是這樣。——莎蒂】

莎蒂和我說起話來也不像。她有英國口音【呃，不是吧，卡特，是你有美國口音。——莎蒂】，我們的媽媽過世後，她在倫敦由外公外婆帶大，而我則是跟著我爸到處旅行，他是有名的埃及古物學者。這聽起來可能很有趣，但相信我，只靠一只皮箱生活，會老得很快。

這都是過去的事了。現在，莎蒂和我住在布魯克林之家，這裡是生命之屋的第二十一行省總部。「行省」指的是一個行政區或地區【「行省」不是在說搞不清楚狀況的新生，會聽錯很正常。——莎蒂】。生命之屋的埃及文是「帕安卡」，底下總共有三百六十個行省，是由埃及魔法師組成的古老全球性組織。魔法師可不是那種從帽子裡拉出兔子來的魔術師，這些魔法師能夠執行「真正」的魔法，像我和莎蒂這樣，以及像你這樣。很驚訝吧！

我們怎麼知道你會魔法呢？因為你找到了這本書，而且毫髮無傷抵達這裡。這些成就都顯示出，你的體內流著法老的血統。【你的血管裡不是真的流著法老的血啦。那很噁心，更別提衛不衛生了。只是想澄清一下。——莎蒂】這意味著，你不但是古代埃及皇室的後代，還擁有力量，魔法的力量。尤其是後者，我保證。現在，我想告訴你這本書是怎麼來的。

事情發生在我和我女朋友姬亞．拉席德在我們最喜歡的餐廳排隊點餐時。突然間，姬亞抓起一支塑膠刀，把它當武器般揮舞著。「卡特，你看！有人有麻煩了！」

我馬上全身緊繃。「什麼？哪裡？誰？」

她把餐刀插在收銀機上的一張告示，上頭寫著：「急徵幫手救援」。

我鬆了一口氣。「對啦，嗯，不過那不是真的在求救。」我解釋說，這是烤肉串店有個職缺要徵人，並從櫃檯成堆申請表中拿了一張遞給她。

她瀏覽著應徵表格，臉色沉了下來。「我的拉啊，看看這個。」她指著「個人資料」那一欄說：「這根本是想知道魔法師的『仁』所用的詭計，絕對錯不了！」

讓我稍微介紹一下姬亞：她來自埃及開羅一處祕密地下總部，由一位兩千歲的埃及魔法師撫養長大，所以現代生活中有一些事讓她很難理解。

我一點都不急著要糾正我的女友（她的脾氣挺暴躁的），不過要是我不解釋，我怕她會攻擊餐廳店員。而且還會很糟，因為：一、購物中心的警衛不樂見有人把塑膠餐具當成致命武器；二、我真的餓得要命，希望可以趕快吃到東西。

於是，我若無其事地鬆開她握緊餐刀的拳頭，然後說：「這家烤肉串店的店名就叫『烤肉串店』，我不覺得他們對祕密名字有什麼研究。他們甚至可能也不知道『仁』就是祕密名字，也不懂拿到之後可以獲得巨大力量。」

姬亞半信半疑，把餐刀放到托盤上，端到我們的位子坐下，然後她繼續把應徵申請表上的文字大聲唸出來：「『過去經歷』？無可奉告！」她邊吃邊說：「『自我介紹』？不要，我不會講的。」

此時，我的手機傳來訊息。我看了一眼，說：「華特要我們現在回去布魯克林之家。一群生徒剛剛抵達了。」

我在這裡停一下，先來介紹華特・史東。他是圖坦卡蒙王的直系後代，圖坦卡蒙王是以墳墓裡堆滿金銀財寶而聞名於世的男孩法老。華特沒有從他有名的祖先那裡繼承到任何財富（至少我覺得沒有），不過，他繼承了別的東西：死亡詛咒。前不久，這個詛咒應驗在他身上。

你可能會問自己說：「好吧，如果華特已經死了，他要怎麼傳訊息給你？他是鬼吧？」

答案是：華特不是鬼——不是說當鬼不好，像我媽現在就是鬼，而且是超和善的鬼。（也是有糟糕的鬼。其中最壞的，就是妄想自己能永恆不死的邪惡魔法師薩特納。不過，別擔心。他現在被關在我書桌上的雪球裡。歡迎有空把它拿起來搖一搖，他恨死這樣了。）華特之所以還活蹦亂跳，是因為他已經與死亡之神阿努比斯合而為一了。

剛剛我所說的大概會引發你第二個問句：什麼？？？

讓我解釋一下。在我們的世界裡，埃及的神需要宿主，宿主可能是手工藝品、動物，甚至是某種物質，例如水或土，不過大部分的神偏好人類。埃及的神為了要與人類宿主（或被稱為小神）共享大腦空間，會讓宿主可以無限使用神力，以此作為交換條件。

莎蒂和我一直是小神。姬亞也是，正確地說，她是大約兩次。我承認，擁有神的力量還滿酷的，不過，與神合而為一可能非常危險。

【也很煩人，尤其是當那位神在你腦子裡開始講話時。如果能夠選擇，我寧可只擁有內心獨白，謝謝。——莎蒂】神喜歡掌控一切。同意他們進入你的腦袋後，他們就會開始逼你去做他們想做的事。幾乎不可能反抗，還得承受神力超載而發瘋或送命的危險。所以我們就不再使用小神模式了——華特是個特殊案例，因為技術上來說，他已經死了。

好的，回到我剛剛講的那裡……

我的怪胎葛萊芬載我和姬亞飛回布魯克林之家。從怪胎身上下來時（這裡要小心，牠的翅膀銳利到足以殺死人），華特也出現在屋頂。「烤肉串如何？」我們跟著他走往二樓陽台時，他問。

「很美味。」我說。

「很危險。」姬亞陰鬱地糾正我。她晃晃手上的徵人表格。「我要去警告莎蒂，不希望她無辜掉進這樣的陷阱。」

當她一走遠，我一五一十地告訴華特在購物中心發生的事。「關於古埃及和魔法，姬亞懂那麼多，害我都忘了她對現代生活的理解程度很低啊。」

「對我來說，這是雙重人格的一種優點。」他拍拍自己的頭。「華特是現代人，而阿努比斯會魔法。」

「你很幸運。」

「幸運死了。」他同意。

一陣喧鬧聲從大廳房傳來，這才提醒我，我們有新的實習生了。我往下偷看，他們正緊張地圍在九公尺高的黑色大理石透特雕像旁。

我搖頭。「有關神的事或即將見識到的魔法，你認為他們了解多少？」

「不夠多。」華特面如死灰地說。【面如死灰。非常一語雙關啊，卡

特！——莎蒂】

我靠著欄杆，說：「所以，他們有可能誤解最基本的魔法概念。就像姬亞誤會徵人啟事一樣。」

「也許吧，」華特聳聳肩，「不過我們能怎樣？」

我沒回答，因為莎蒂馬上大搖大擺地摟著華特宣示主權。【宣示主權？你讓我聽起來占有欲很強耶！我只不過看到有個生徒目不轉睛地盯著我男友看，我決定讓他知道華特屬於我，愈早知道愈好。——莎蒂】我轉過身不想看他們在那親密地公開示愛，這時視線落在透特雕像手上握著的東西——一束紙草卷與一支蘆葦尖筆，然後我知道怎麼回答華特的問題了。

「書！」我脫口而出。

華特與莎蒂分開。「現在先別看，」華特說悄悄話的音量也太大了，「不過卡特正在喊出一些無意義的名詞。」

「總比他喊出其他東西好。」莎蒂回答。

我翻個白眼。「我的意思是說，我們應該要寫一本關於埃及魔法的書。」

莎蒂做了鬼臉。「我不寫東西。我只說話，然後別人乖乖聽話。」

我不理她。「一本生徒專用的書。你知道，這樣他們才能對接下來會發生的一切有點概念。我們可以解釋什麼是杜埃、神，以及與神合一的神之道。丟出一些我們經歷過的事就好。我們可以邀請布魯克林之家的住戶也貢獻他們的部分。其他行省的魔法師也可以問問。也許還有……。」

莎蒂挑眉，說：「還有問那些神？」

我點頭。「對，那些神。所以，你們覺得如何？我們是不是應該寫這本書？」

長話短說，總之，我們完成了這本書。我不知道其他人怎麼想，不過我還滿享受寫下來的過程。【我們的經驗並不全都很糟，我的部分

還滿值得一讀的。——莎蒂】

老實說，我有想要同步寫另一本書。我會叫它《布魯克林之家現代生活手冊》。我知道至少有一位魔法師會覺得受用。如果你想要幫忙，歡迎隨時來找我。或者去烤肉串店探我的班。很顯然地，有人用我的名字填了徵人表格，然後老闆想雇用我。

現在，繼續往下讀吧，生徒。歡迎來到埃及魔法的世界。

嗨。我是莎蒂，就是凱恩家中比較年輕、也比較時尚的妹妹。卡特通常很有責任感的（最不負責任的是我，這點我很驕傲），所以我很驚訝他沒把書稿收好。我說他「沒收好」，是指他把書稿鎖在書桌抽屜裡。坦白說，任何有能力使用咒語「沙哈德—烏佩」（這是解鎖—打開的意思）的人，都可以輕易破壞他這個毫無用處的防禦方式。作為魔法女神艾西絲的學生，以我的能力來處理它是綽綽有餘，所以，在你說完「好厲害喔」之前，我已經拿到他的紙草卷了。既然文字是我的強項，當然就幫這本書補充一下內容啦。然後我用結合咒語「海—奈姆」將那部分緊緊綁進他的稿子裡。我的意思是，可不能讓卡特刪掉我的精心傑作，不是嗎？

啊，莎蒂，你的「解鎖—打開」咒語在我的雪球監獄劃了一道刻痕囉，親愛的。你沒注意到對吧？是的，它出現了一道裂縫。水都滲出來啦。除了水……還有我，你的老朋友，薩特納。

不過，認真來說，我欠你和卡特一個大恩情，是你們把我帶進布魯克林之家的，如果不是兩位，我可沒辦法自己來。現在我要到處晃晃，想辦法找到你們從我這裡拿走的書。你知道我說的是哪一本，就是那本記錄著強大咒語與眾神祕密資料的書。喔，裡頭還有我個人的最愛：永生不死的祕技。

說到永生不死，這個讓我死不放棄的目標，我想到了一個新方法。（死不放棄。哈！很聰明的說法吧，值得記下來。）在你把我介紹給一個擁有不尋常力量的人之後，我才想到可以怎麼做。總之，是對埃及來說很不尋常啦。聽好了，當我從鬼轉化成神的時候，將會造成轟動。

——薩特納

祕密的暗門

文／卡特・凱恩

布魯克林之家提供一切所需，讓魔法師初學者能好好地生活與學習。這裡也有一些祕密，我來為各位說明一下。

我們家族在布魯克林之家已經住了好幾個世代。我爸與他的弟弟阿摩司，就是在這裡長大的。但莎蒂和我從來不知道這棟建築的存在，直到阿摩司叔叔用他的魔法船把我們載到此地，我們才曉得。而我們之所以會來這裡，完全是因為邪惡之神賽特把我爸關在黃金石棺裡，我們得有個安全的藏身之處。（後來我們才發現，結果這裡也沒那麼安全。）

莎蒂和我在布魯克林之家的第一天早上，多虧她轟飛圖書室的門，我們才能進到裡面瞧瞧。從那時候開始，我們到處探索這棟五層大樓，從屋頂的通道、臥室、訓練室、醫護室到大廳房。那個環繞式露天平台設有戶外用餐區，和一個長度跟鱷魚一樣的游泳池，我們來來回回繞了十二次。我們還偷瞄了放補給品的櫃子和每一間浴室。【最好這樣讓我們聽起來一點都不鬼鬼祟祟啦。——莎蒂】我們對於布魯克林之家的每一個角落細節都瞭若指掌。

至少，我們自以為很熟悉了，然後發現了一樓的地毯下藏有小暗門。一個小小的、「鎖上」的暗門，就算莎蒂用她最厲害的「哈—迪」咒語，也開不了。這道暗門肯定被施予相當厲害的防衛魔法，才能抵抗毀滅性極大的咒語。

我們百思不得其解，於是聯絡阿摩司叔叔，問他是否知道這道暗門，畢竟他住過這棟家族房子好多年了。他寄給我們一張布魯克林之家的剖面圖，那是在它被升高到廢棄倉庫上方之前所畫的，裡面還附上一張紙條：

孩子們：

你們發現了，不可思議！【「布可斯曳」聽起來好適合當咒語耶。

——莎蒂】

關於此事，我知道的很有限，布魯克林之家原本是蓋在石室墳墓的上方，石室墳墓是一種古埃及墳墓，形狀很像削除尖錐部分的金字塔。這樣的墳墓底部有一個井狀通道，連結到下方埋葬室的天花板，埋葬室位於地下深處，是真正擺放遺體的地點。在這之上的地面層，有一個祕密房間，稱為安靈室❶，裡面放置亡者的雕像，另設有一個小房間擺放來世使用的供品。至於為什麼布魯克林之家下方有石室墳墓，以及誰曾被埋葬於此，對我來說仍是個謎。從這張圖看來，似乎這個暗門原本是用來通往埋葬室的天井。儘管布魯克林之家現在高高地懸浮在石室墳墓上方，但這兩個地方可能仍以魔法連結在一起，關

❶安靈室（serdab），古埃及人會在這個空間擺放亡者雕像，供亡者靈魂棲息。

鍵是那個暗門。會用魔法封印它，大概是想要把布魯克林之家住戶隔離在外……或者是將某種東西囚禁在石室墳墓裡。如果是後者，嗯，那個「東西」（我猜是鬼或某位過世很久的埃及親戚）如果跑出來的話，大概不會只想跟你手牽手玩遊戲。所以，離它遠一點。

祝好。

阿摩司

滿令人驚訝的是，莎蒂從此不再靠近那邊了。但我知道，她的念頭還留在那個暗門，以及藏在布魯

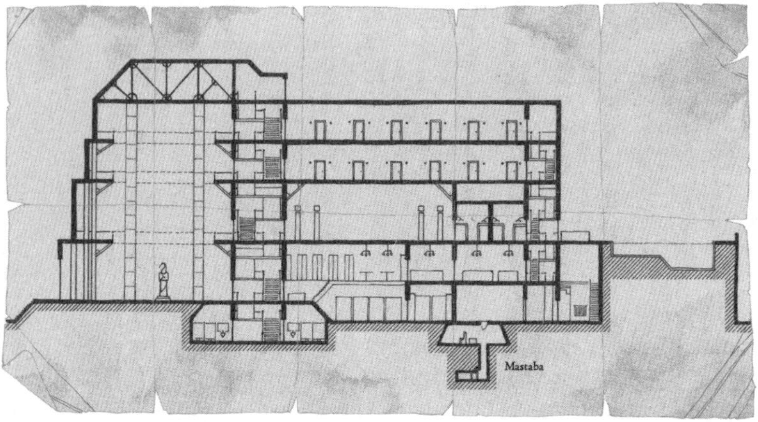

克林之家地下墓穴的到底是何方神聖。【你真是太了解我了。——莎蒂】我也是。

不過別擔心，我們已經採取防範措施，保護所有住戶的安全。我們在暗門四週加上界線咒語「朱魯瓦」（就是角落散發的特殊光線），也增強了外面象形文字的力量，以防任何逃出來的東西或人想再躲回去。馬其頓的菲利普，就是我們的白化症鱷魚薩布堤（薩布堤是用蠟做成的造型俑，再用魔法賦予它生命）也會特別警戒。相信我：沒有任何的鬼能夠從暗門那頭逃出來。

古老的石室墳墓裡藏著某個可能很邪惡的靈魂？我們終於進入主題了！人類魔法師可能無法穿越那道魔法暗門，但如果是鬼魂魔法師呢？不費吹灰之力，輕輕鬆鬆啦！——薩特納

魔法師的裝備

文／糰小子

你看什麼看呀？沒見過長得像人、沒有腿、手裡拿著夾板的一團蠟嗎？你現在正目不轉睛盯著看的，可是個百分之百的模範生薩布堤呢，我的朋友。所以不准再笑了，給我仔細聽好。

卡特要我負責發放裝備給新來的生徒們。我超級認真對待這個工作的，因為這讓我可以離開他的魔法盒。如果你認為被關在盒子裡一整天很有趣的話，我很樂意介紹你見識一下石棺。

清單第一項：衣服。現在來看看你都帶了些什麼來……喔，你一定是在開玩笑吧，羽絨外套？把它交給我。難道沒有人告訴你，動物做成的衣服會干擾魔法嗎？更別提皮革製品了。還有，你的毛皮大衣也不行，別抱怨了。你的房間裡有一整個衣櫥的亞麻衣服。我們最不想看到的就是一屋子光溜溜的魔法師。

第二項：河馬牙做的魔棒。噢，看來你已經有自己的魔棒了，是不是啊，大人物先生？讓我看看。哼。傳家之寶？上面的刻紋還挺漂亮的嘛。這是托爾特與貝斯的肖像圖案，如果我沒弄錯的話。很好的保護圖案。這個可以。雖然有點損傷，不過從這些河馬牙釘看起來，不管是誰修復的，那個人技術很好。這支不錯。記著，別把它當成迴力鏢來玩，這會使它蒙羞的。嗯嗯，以前發生過，真的。

第三項：木製魔杖。我猜你也有繼承魔杖吧？沒有？發生什麼事了？它爆炸、變成蛇然後溜走，還是斷成兩半？對，魔杖都會這樣。有些笨蛋魔法師還會弄丟魔杖，期待他們的薩布堤想辦法追上它哩。現在我給你一支新的，小心保管，這支是標準基本款，上面沒有圖案，不過一旦你開始用它施咒，上面就會浮現你所施放的魔法力量象形文字。

還有什麼呢？對了，魔法師工作包。你可以選擇這個木盒，它的蓋子鬆了，是品質不怎麼樣的手工品，我同意。或是這個皮革袋子。什麼？對，好，聰明鬼，我知道我說過不可以有皮革製品。看來我得給你一堂基本常識課了。現在給我專心聽，皮製衣物會防止魔法作用沒錯，皮袋則能保存魔法。否則，這些工具的魔力就會慢慢流失。相信我：你不會想要揹著一個魔法四溢的袋子到處走來走去的，那會讓你的衣服變成「伊斯非特」[2]。

所以，你想要盒子還是……別搶！我得先裝滿你的工具才行！噓。一團繩子、一卷紙草、一組曼黑得（就是附了墨水的書吏石板，給你這個新手用的），還有拿來做自己專用薩布堤的蠟塊。如果你不大確定要捏成怎樣，就捏一個漂亮的女士上半身，個人非

常推薦。嘿嘿，你懂的，哈哈。

最後一項：象牙枕。脖子躺在這個凹陷處，然後……別給我露出那個表情，你會習慣的。老實說，你要是每天不睡在這東西上，你一定會後悔。

好了，該有的都有了。祝福你在引導神力的過程一切順利囉。下一個！

❷伊斯非特（isfet），意思是混沌，一團亂。

杜埃祕境

文／卡特．凱恩

又是我，卡特。雖然之前我曾經邀請其他人來寫這一篇，但……嗯，還是我來寫吧。【對，我把那個邀請函丟到垃圾桶了。抱歉（一點都不）。——莎蒂】

杜埃是一個神祕、充滿魔法的多層世界，流動在我們這個世界之下。魔法師會用最淺的那層存放個人物品。像我也是，我的卡佩許劍和魔法盒就放在杜埃（你知道的，就是那些我想要小心藏好，或緊急時隨時要用的工具）。我也把我爸給的「結德」護身符放在杜埃的置物櫃裡。這護身符是一個形狀像脊椎的雕刻品，象徵穩定與力量。我們用它作為召集魔法師新生的定標物，所以當你找到這本書時，你一定有見到護身符。

經過適當的訓練之後，你就可以運用杜埃看見隱藏的魔法層次。在一般的世界，每樣東西可能看起來都正常得不得了。然而，當你往下看進杜埃時，就會瞧見很不一樣的東西了。比方說有一次，看起來像是我被一隻駝鹿追著跑過一整座機場，不過那並不是真的駝鹿，而是一頭可怕的怪獸。莎蒂對杜埃比較在行，她可以看見死神阿努比斯與華特的形體重疊。【一次看到兩個帥哥。不錯吧？——莎蒂】杜埃的淺層也很適合快速旅行，可以使用船或「巴」（你的靈魂中的個性部分），或者紫色魔法通道。

杜埃第二層是有名的夜之河，也就是太陽神「拉」夜晚航行的水道。這條河會經過一些令人驚訝的景象。不過，在你還沒接受進階魔

法訓練之前，避開這一層吧，因為那裡有些出乎意料的恐怖東西，像是會把你劈成兩半的鋸齒石、可以把你烤成脆片的火焰水，以及最糟糕的，一個叫做薛司穆的神，他會朝你臉上噴濺臭得要命的香水。

說到避開，千萬不要去杜埃的最深層，那是混沌之海與無底深淵的所在。我上次逃出那片海時差點精神崩潰。至於無底深淵，好吧，如果你想要從這世上消失得無影無蹤的話，那就去吧。還是不要啦，說真的，為什麼會有人想去那裡呢？那才是問題吧。

結德護身符？太太太棒了。我需要一個。我會好好使用的。另外呢，你的置物櫃裡可能也藏著我一直在找的古老卷軸。把密碼給我吧，好夥伴，我偷看一眼就好。——薩特納

杜埃幽靈號

文／血跡刀

我在我們的埃及女王號上發現這張寫得滿滿的紙草卷。很顯然地，雙斧頭血跡刀船長在為我們家工作前，還當過導遊。誰知道呢，搞不好他真的有。——卡特

早安，歡迎來到「杜埃幽靈號」，這是夜之河郵輪系列的旗艦船。我是血跡刀，你的惡魔導遊，我將盡力在這趟旅程中殺死你……呃，我的意思是，保護你。我會努力忍住，直到旅程的最後一刻再殺你。

報名參加杜埃靈魂導覽的人，請注意，現在馬上把平常保護你的象牙枕從床上拿走，然後趕快睡著。如果沒有好好遵守的話，錯過行程，恕不退費。

在日落那一刻，我們的真人實境冒險之旅，將從第一屋的甲板出發。然後會經過比較無聊的第二、第三屋，來到陽光田野輔助生活社區的所在地——第四屋。在這兒，你會有整整一小時的參觀時間。去跟河馬護士打聲招呼，但如果他要幫你打針，記得說不用了。假如你沒有在六十分鐘內回到船上，就準備好與一群被遺忘也很健忘的神一起擠在這裡，等待接下來的二十三個小時過去吧。

從陽光田野離開後，我們前往娛樂性很高的死人之境。（嗯，反正對我來說很有趣啦，因為我總會在這裡丟失一、兩個乘客。）你可以浸泡一下火焰湖，與冥界之神俄塞里斯吃個點心，然後欣賞他在綠洲島審判廳的工作英姿。如果你打算在此停留久一點，你得要安排和月之神孔蘇玩一盤施奈特棋。把你的「仁」準備好。

當你回到船上（或沒有回來），我們會航向第五屋，然後前往第六、第七、第八……嗯，總之你懂我，或者我捅你（如果我夠狡詐的話）。我們最後會到第十二屋，在那裡，你會見到閃耀光芒的日出。你的最後一個日出，如果我找到方法的話。

好的，我看到機組人員的燈光亮起了，我們即將出發，現在請你找一個安全的祕密地點，藏好自己的魔法盒子，並且仔細留意接下來的安全指示：

一、包括手、腳、頭與身上其他會搖來晃去的東西，全程都不能伸出船外。墨鏡、帽子、假鬍子也都禁止配戴。本船運行期間，恕不負責保管個人物品、四肢或性命。

二、有許多各式各樣、土生土長的神話怪物住在杜埃。有些無害，有些則相當危險。我們誠摯邀請各位保持一個安全距離，對怪物們抱持敬畏之心。避免使用閃光燈或發出尖叫聲，因為這些舉動都會驚擾到惡魔。

三、雖然我們預期旅程會相當順利，但毫無防備地遭遇陷阱也不無可能，至少會發生一次，又或者是陷阱會故意出現在各位面前。在致命的緊急事件發生時，各位的前方會浮現一份有保護功能的象形字表格。將適當的文字先塗畫在你自己的前額，然後才照顧同行的小孩。

感謝各位聆聽以上注意事項。現在，一切就緒，我邀請各位往後躺，放輕鬆，準備享受你活著的最後一夜吧。我是說，準備享受夜之河。並且，請記得在下船時支付你的導遊小費，這樣你才能在適當距離內被擊斃。

胡說八道！我討厭那個惡魔！我打賭他會在一個心跳間，把刀借給我們最壞的敵人。我很開心他人還在杜埃底層。——莎蒂

言之有物！我愛那個惡魔！我打賭他會在一個毫秒內，借我刀子來對付凱恩家族。這也是為什麼我要去杜埃底層稍微拜訪他一下了。

——薩特納

得心應手的神之道

文／卡特・凱恩

我永遠不會忘記莎蒂和我的第一堂訓練課。地點是在開羅的第一行省，那裡是總部，也是生命之屋魔法師最早的訓練場。第一堂包括在我們的舌頭畫上味道很臭的象形文字，好幫助我們正確清楚地說出咒語。我不知道莎蒂的狀況如何，不過我忙著反胃，所以只能發出「布勒奇奇」這樣的音。【現在卡特施咒時，聽起來依然很像在反胃啊，可憐的小羊。——莎蒂】

在布魯克林之家，我們採取不同的訓練方法，訓練各種與神合一的神之道——用一種特殊的方式連結魔法師與神，讓魔法師可以接上神的魔法，更放大自己的力量。我們會幫助你學會如何做到那樣的連結，下面就是我曾在一個特殊狀況下學到的某些訣竅。

有個晚上，我躺在布魯克林之家大廳房的沙發上，想著要如何在這本書裡解釋與神合一的「神之道」，此時，一團毛茸茸的重物突然掉在我胸口上。

「噢！古夫！」

「啊！」我們的狒狒管家悶哼一句道歉（至少我想那是個道歉；搞不好他引用了哈姆雷特的獨白也說不定），然後抓住我的手，把我拉到樓上的室內籃球場。在硬木地板上，散落著四件紫色洛杉磯湖人隊球衣，和古夫身上穿的一樣；另外還有四件綠色波士頓塞爾提克人的球衣。場中央的中圈放著一顆籃球。

「啊。」古夫把一張紙草塞到我手中，向我比著那些球衣，然後充滿期待地盯著我看。我聳聳肩，不大懂要幹嘛。他看起來怒氣沖沖，戳了一下紙草。

那張紙上寫著密密麻麻的象形文字。我知道這是某種咒語，但花了些時間解讀它。「等等。古夫……這咒語會讓那些球衣有生命？」

古夫丟給我一個「是啊，不然咧」的表情。

我第一次看見有生命力的衣服，是在搭船的時候，掌舵的阿摩司叔叔以魔法驅動了風衣。我猜古夫想要我喚醒這些球衣。是這樣的，我愛籃球。如果只有我一個人在球場，我投籃的技術還不錯。但如果派個防守員在我面前，我就僵住了。運球、傳球、籃板球都是這樣，幾乎是這個運動的全部了，真是可悲。爛球技讓我臭名遠播已經很糟了，更糟的是，我看到古夫與他的球員狒狒好友們瞄我的眼神。

不過，現在我有個機會來練練我的球技，而不會毫無防備地被冷眼冷語給擊倒。「好吧，什麼事都沒發生。」

我唸完咒語後，球衣的反應等於沒有反應。它們只是在地板上像防塵地毯般嗖嗖滑動。我試著更專心，重唸一次咒語。出現了！球衣從地板上升起，停在球員胸口的位置。此時出現一件黑白色的裁判制服，而口哨就漂浮在約莫嘴巴的高度。

「啊。」古夫把波士頓隊背號33號的球衣丟給我，之前這件球衣的主人是塞爾提克隊偉大的賴瑞．柏德❸。雖然這球隊不是我的最愛，但我尊敬柏德。我套上球衣，跟著古夫走到球場中圈，等待開場跳球。裁判制服飄了過來，用它隱形的手撿起球。

「超愛埃及魔法的。」我喃喃自語。

裁判吹響哨音，把球直線拋高。古夫用他的手（呃，是爪子）把球拍到他的隊友那邊。

接下來發生的，簡直是我打過最詭異的一場球賽了。詭異而且丟臉，因為一如往常，我打得爛透了。我把球運到腳上，跳投失準，上籃時球也跳彈出來。我從罰球區傳球給隊友時也沒傳好，球老是被湖人隊搶走，然後他們迅速返回後場，閃電般灌籃得分。

我最厲害（或最遜）的時刻是在接近半場時發生的。正當湖人隊球衣們帶球穿梭罰球區時，我衝上前想要攔截對方的強傳，結果我絆倒了，用自己的頭扎實地接到球。在我的臉親吻地板前，我已經昏倒。

「我不確定我真的想要這傢伙穿著我的球衣啊。」

「不過，他們也無法用打不打赤膊分成兩隊，因為沒有人有赤膊。」

在一陣說話聲中，我呻吟著張開眼睛。

兩個靈魂漂浮在我的上方。一個有著鳥頭，那是大鳥柏德的頭；另一個頭是魔術強森，湖人隊的超級明星球員，也是我的最愛。事實上，我正是用他的球衣號碼32，以及其他兩個湖人隊球星張伯倫的13號與賈霸的33號[4]，當做我在杜埃的儲物櫃密碼呢。

---

❸賴瑞．柏德（Larry Bird），被暱稱為「大鳥柏德」，在美國ＮＢＡ的職業籃球生涯都隸屬於波士頓塞爾提克隊，被譽為是史上最偉大的籃球運動員之一。

❹魔術強生（Magic Johnson），本名為小艾爾文．強森（Earvin Johnson Jr.），他與「籃球皇帝」偉爾特．張伯倫（Wilt Chamberlain）、「天勾」卡里姆．阿布都－賈霸（Kareem Abdul-Jabbar）都是美國ＮＢＡ湖人隊重要球員，也是籃球史上的傳奇球星。

我試著坐起來，但柏德的靈魂阻止我。「我要是你，我不會想要這麼做。除非你想再昏倒一次。」

我又躺下。「你們怎麼會在這裡？」

「來給你一些建議啊，小子。」魔術強森說。

「噢，好。」我的意思是，不然我還能說什麼，像是：「嗯，不用了，謝謝，之前沒有你們幫忙，我也打過滿多球賽的？」

魔術強森降落到我身邊的地板。「首先，你要找到能讓你發揮天分的位置。你一直想要當個中鋒，但請容我直接說，你身高不夠。控場後衛也不適合，因為你控球的技術還有待加強。試試看得分後衛，或者小前鋒，甚至大前鋒。」

「加強你的基本功，」大鳥柏德接著說：「曾經有個偉大的人說過：『贏家能夠認清自己的天分，努力將天分變成技能，再用這個技能完成他的目標。』」他整了一下自己的羽毛。「那是個有名的引言。我相信你應該聽過。」

「沒有，」我承認：「誰說的？」

大鳥柏德皺眉。「我說的。」

魔術強森爆出大笑。「我愛這個笑話！不過大鳥柏德是對的。要把基本技能練到連你在睡覺都能夠執行。而且，要確定你至少有一個必殺技。」

「團隊的化學反應也很重要。」大鳥柏德補充道：「如果你跟隊友合不來，那還沒上場前你就輸了。」

「位置、基本功、必殺技、團隊氣氛。記住了。」我回答。

「還有一個訣竅。」魔術強森把一片翅膀放在我肩膀上。「放鬆。順勢而為。好好感受比賽。」

大鳥柏德點點頭。「只有這樣，你才能打起來得心應手。」

「得心應手。」我點頭。「對，我想要那樣。還有呢？」

「啊。」大鳥柏德說。

「嗯，抱歉，這我不是很懂。」我回答。

大鳥柏德推了一下魔術強森。「這孩子真的清醒了。我們也該飛走了。」他振翅起飛。

「你想在籃框那兒贏我，門都沒有！」魔術強森飛在他身後。

「等等！回來啊！」

我太快起身了。頭部感到一陣暈頭轉向，我又倒了下去。

「啊！」

我醒來時，古夫正把一塊冰涼溼布放在我前額上。他露齒笑著，拍拍我的肩膀，然後轉身，讓我超近地正對著他彩色斑斕的屁股。我小心翼翼坐起身，不過頭上那塊布一定浸泡過某種神奇的腦震盪魔法藥，因為我感覺棒極了。

老實說，比棒極了還要棒，因為我找到了該怎麼解釋神之道的方法。請看下列。

神之道的第一步是將你的個性、天分、興趣與某一位天神配對，就像在球場上找到適合你球技的攻守位置。練習引導你的神去控制力量的流動，讓魔法施行得更好，就像是你將基本球技練好那樣。找到你最強的咒語或魔法，就像你在球場上找到必殺技一樣。籃球團隊需要絕佳默契；而一組天神與魔法師的配對則需要共感連結（一種共享的感覺、經驗，或者共同目標），如此一來，魔法的串連才能算是真正的成功。

不管是與神合一或者打籃球，都得要放鬆，而且順勢而為。如果你心有抵抗，就永遠無法把魔法施行到得心應手。

對了，如果有人想知道那場比賽的下半場結果如何，塞爾提克隊贏了湖人隊一分，萬分感謝那顆超神的壓哨球❺。

運動比喻法？真的假的？不過我猜這行得通。喔，還有，古夫有

❺壓哨球（buzzer beater），在比賽時間終了哨聲響起時所投進的球。

把比賽錄下來。你最丟臉的時刻真是我今晚最嗨的時候。——莎蒂

眾神之道啊。是的，我還活著的時候，想過用這個方法，但我發現我不喜歡分享力量。

不過，你喜歡分享，卡特。對我來說是個好消息。我已經拿到你的結德護身符，這得感謝你分享的儲物櫃密碼。只是啊，沒看到透特書，我有點失望。不過我遲早會找到它的……——薩特納

第一天神家族

向神說抱歉

文／卡特・凱恩

很遺憾地，我們無法在本書涵蓋所有埃及的神。如果把埃及上百或上千位天神都寫進來，這本書大概會有一英呎厚【或像我們英國人所說的，大約三十公分厚。——莎蒂】、重達一噸【或如我們英國人所說的，誇大不實。——莎蒂】。所以本書僅限於我們遇過、交手過或共享大腦空間的神。書中沒能收錄的神啊，在此獻上我們的歉意。

順帶一提，天神測驗是我的點子。莎蒂覺得這是差勁的點子。「該死的伊斯非特！卡特，我們在「袋子」（BAG）已經受夠測驗了！」不過，布魯克林資優學院（縮寫為BAG）才不會教你這些東西，所以我還是保留下來了。反正莎蒂有提供解答。嗯，應該算是吧。我有試著更正過她的答案，不過如果你有任何問題，盡管來找姬亞或我。

神測驗：拉

有趣的小故事：大約在公元前一三五二年，一位名叫阿肯納頓的法老王，主張只能膜拜被他稱為「阿吞」的太陽神，廢除膜拜其他的神。不過，這樣的一神教只維持到他過世時。繼任的圖坦卡蒙王又改回傳統的多神膜拜方式。

選擇題：

1.（ ）拉是 ①太陽神 ②第一位眾神之王 ③創造之神 ④以上皆是。

2.（ ）下列名稱中，哪一個與拉沒有關係？①阿蒙・拉 ②凱布利 ③艾維斯 ④克奴姆

3.（ ）下列哪些是拉的神聖動物？①狒狒和朱鷺 ②禿鷲和鱷魚 ③聖甲蟲和公羊 ④鴨嘴獸和老鼠

4.（ ）拉喜歡搭乘哪種交通工具？①丟滿速食包裝垃圾的加長型禮車 ②由發光球體駕駛的船 ③太陽雙輪馬車 ④放屁的駱駝

5.（ ）拉化為可見的生命形體是 ①有著金黃色雙眼、老得不能再老的禿頭男人 ②戴著彩虹色假髮的小丑 ③巨大的狒狒 ④穿著纏腰布的藍色巨人。

6.（ ）拉的化身是 ①更巨大，但依然有著金黃色雙眼、老得不能

再老的禿頭男人 ②一道無法直視的熾亮光線 ③一隻龐大的糞金龜 ④以上皆是。

7.（ ）拉的魔法強項是什麼？①噴火 ②揮動他的連枷 ③散發魅力 ④啃咬他的彎柄手杖

8.（ ）拉有次差點死掉，是誰幹的？地點在哪？凶器是什麼？①黃上校、溫室、奈截利刀 ②艾西絲、太陽船、蛇毒 ③阿波非斯、杜埃、牠的尖牙 ④這是個狡詐的問題——拉在每天破曉時幾乎都「死過一次」。

解答：

1.④ 拉是個很忙碌的神！我們也接受另外手寫的答案：「掌管宇宙秩序的瑪特之神」。

2.③ 雖然貓王艾維斯被全世界崇拜，但技術上來說，他不是個神。拉在早晨被稱為凱布利，日落時則是克奴姆。阿蒙・拉就是拉另一個華麗的稱呼。

3.③ 我能理解答案之一是公羊——具有犄角攻擊力及其他特質。但是，聖甲蟲？會把自己的糞便滾成一個球的甲蟲？沒開玩笑？

4.② 那輛加長禮車是貝斯所擁有的，稍後你會認識他。太陽雙輪馬車屬於另一個跟長島有關的太陽神。至於放屁的駱駝……你不會想知道的。

5.① 我們說他老，是非常非常的老喔，不過老歸老，上次我們見到他時，他看起來有比較健康一些。那隻狒狒叫巴比，而那位我們誠心希望他還穿著纏腰布的藍巨人，是尼羅河的小神，名字是哈皮。

6.② 我知道，我也希望答案是③。

7.① 老實說，他滿擅長啃咬與揮舞連枷。但說真的，我不知道他有「燒」的能力。

8.答案是②。補充說明：選項①提到的奈截利刀，是用隕鐵做成的黑色刀片。如果你回答④，也算答對，雖然我們希望這種「死亡」你永遠不會目睹，因為那實在可怕極了。

寂寞的拉

文／姬亞．拉席德

好了，姬亞，只要對這個東西說話就好……

赫奎特！❻重擊！

喔喔喔喔喔。轟！

唉呀。是卡特嗎？

那個，他昏過去了。讓我……

（身體被拖在地上的聲音。一陣喃喃自語。走近的腳步聲。）

謝啦，潔絲。我待會馬上會去看看他！可惡，這東西還在錄嗎？

❻赫奎特（Heqat）是埃及繁殖女神，相傳可協助婦女順利生產。

嗯，嗨。我是姬亞。讓我說明一下剛剛發生什麼事。就是呢，卡特把一個東西突然遞到我面前，我以為他要攻擊我，然後我就依直覺反應。我召喚我的魔杖，手一揮，然後……好吧，潔絲是我們的「雷克希特」，也就是治療師，正在治療卡特的頭部傷口。原來，他剛剛塞給我的是這個麥克風。

所以呢，總之……卡特建議我錄下自己的故事，而不是用手寫下來。很顯然的，比起手寫象形文字，我用說的比較容易被記錄下來。我還提議用一般的僧侶體[7]來寫，或者更常見的通俗書寫體。他說，錄音可以節省紙草的使用。聽起來有道理。

他也建議，如果我能掏心掏肺，會大有幫助。我才不要呢，想得美，掏心掏肺超噁心的。我應該早點學乖的。多謝阿波非斯，最近我剛經歷一次掏心掏肺的場景，就是混沌巨蛇的大爆炸，所以我一點都不推薦。

而且，對你比較有幫助的，是讓我來告訴你世界的誕生起源。

最開始的時候，世界只是一個壯闊的魔法漩渦、巨大的「無」，也就是混沌之海，有時被稱為「伊斯非特」。而在伊斯非特之後出現了「瑪特」——從破壞與瘋狂中誕生的秩序與創造的力量。伊斯非特和瑪特呈現完美的平衡與對比，就像是一個硬幣的兩面，缺一不可。

在此同時，出現了兩位神。阿波非斯從混沌之海蠕動而出，滑入無底深淵最黑暗的深處。在那兒，他常常因感到憤怒和怨恨而痛苦扭動。而從瑪特升起的是拉，也就是太陽之神。

拉的溫暖和光亮往外發散到瑪特各處，探索著四周空蕩蕩的空間。但他的溫暖與光線沒有接觸到任何東西、任何人。拉是孤單的。

傳統說法是，此時他創造了蘇與泰夫奴特，他們是兄妹、夫妻，也是風和雨。但我知道的更多，因為拉曾經與我連結過。做為他的宿主，我得以有機會透過他的回憶，看見他的創造過程。我感覺到的

❼僧侶體（pedestrian hieratic）是古埃及時代的書吏用來快速記錄的書寫體。

是，他從空無一物的外部收回溫暖與光亮，轉而往內在尋求同伴。所以，我可以證明，在蘇和泰夫奴特之前，他的寂寞先孕育出凱布利與克奴姆——也就是日出與日落。

這三者不可分離卻也各自獨立。凱布利在每個早晨讓拉恢復活力，然後送他橫跨白天的天際。克奴姆則在每天傍晚迎接結束行程的拉，向他告別，然後拉就展開了穿越杜埃的夜間旅程。

因為凱布利與克奴姆的出現，拉的寂寞減輕了，但沒有完全消失。他迫不及待想與其他人分享瑪特的一切。不僅僅是從他自己的世界映射出的相似對象，而是與他截然不同的、能使他的存在不那麼單調的其他人。

這才是他創造出蘇和泰夫奴特的時刻。然後他們生出蓋伯和努特，隨即出現的還有：天神、惡魔與野獸、人類、植物、把自己的糞便滾成球的甲蟲。還有其他的，他們稱之為神話故事。

為什麼我從所有拉的故事裡，特別挑這個出來講呢？因為它正好說明了什麼是與神合一的神之道。拉選擇我當他的宿主，一部分因為我是力量強大的火元素操控者。然而，我們之所以有連結，還有更深層的原因。當我還小時，我被迫與家人分開。就像拉曾經歷過的，我也是形單影隻。我的孤獨、拉的孤獨……我們擁有同樣的感受，那使我們連結在一起，我們變得強壯。

好的，我說完了。按這個按鈕可以停止這個東西嗎？……

我一直很想問姬亞，關於拉與「舒特」（影子）之間的關係。舒特是組成靈魂的五個元素之一，其他四個分別是「巴」（個性）、「卡」（生命力量）、「仁」（祕密名字）與「伊比」（心）。以拉的陽光製造出來的舒特，會不會比用手電筒照出來的舒特更有靈魂呢？我還有第二個問題：拉有沒有舒特？如果有的話，太陽之神要怎麼追自己的影子？——莎蒂

神測驗：泰夫奴特

泰夫奴特的先生，蘇，是空氣之神，他以一團捲起殘骸碎片的旋風出現在我們的世界裡。那麼，泰夫奴特會怎麼讓自己出場呢？是從一個小池塘還是排水口，或是一支雨傘？

填空題：

1. 泰夫奴特是＿＿＿＿＿女神。**【誰知道？我從沒聽過她的名字？】**

答案：雨水與潤澤女神

2. 泰夫奴特是＿＿＿＿＿的妹妹。**【是蘇嗎？不，等等，不可能，因為蘇是泰夫瓏的先生。】**

答案：蘇。他是她的哥哥也是她的先生。而且她的名字是泰夫奴特，不是泰夫瓏。

好吧，你能怪我不希望這是正確答案嗎？我的意思是，卡特是我哥，所以……噁。——莎蒂

3. 泰夫奴特是＿＿＿＿＿的母親。**【放屁的駱駝。】**

答案：蓋伯和努特。他們都不是駱駝，就算我們知道他們也會放屁。

4. 泰夫奴特有著＿＿＿＿＿＿的長相。【我就直接說了，答案請見第一題我的回答。】

答案：獅頭女神。雨水與潤澤女神是這種模樣，我們也覺得奇怪。

5. 她的魔法強項是＿＿＿＿＿＿。【偽裝成大家都不認識的神。說真的，她到底為什麼被收進這本書啊？】

答案：水元素的操控術。我們認為是這個沒錯，雖然沒人真的見過她實際操作。我們把她放進這本書是因為她是第一天神家族的成員。

神測驗：蘇

是非題：

1.（　）蘇是風與空氣之神？

2.（　）蘇很想快點當祖父？

3.（　）蘇穿的是老鷹羽毛？

解答：

1.〇正確。他也會變出恐怖的塵埃之魔。

2.×錯誤。在拉的命令下，蘇用風之力吹向他的孩子蓋伯與努特，使他們彼此分離，以求他們不會結合而產生後代。這個策略失敗了，結果他們生下了艾西絲、俄塞里斯、賽特、奈弗絲。還有一個叫做「年長者荷魯斯」，他一定是躲在復仇者荷魯斯背後，因為我們從來沒聽過他。

3.×錯誤。蘇穿的是鴕鳥羽毛，這些羽毛可能來自非洲的另一個行省，突然出現在這裡。

最神話的神話

文／來自俄羅斯聖彼得堡的列歐尼德

我聽說，拉在打噴嚏時，蘇就被生出來了。幸好我不是蘇的宿主，真開心。他搞不好會讓我的大腦變得黏答答的。我才不要。泰夫奴特的出生也很無趣。她來自拉吐的一口口水。我覺得有時候埃及魔法滿奇怪的。

我一點都不清楚列歐尼德是從哪裡知道這些資料的。不過我很確定，那一定非常正確、非常可靠，搞不好是最好的消息來源，不像你從別的地方聽到的假神話。——莎蒂

神測驗：努特和蓋伯

我的學生艾莉莎與我，堅持這兩個神應該被放在同一個神測驗裡。他們分開了一千年，這麼做才公平。——莎蒂

圈選題：

1.「一閃一閃小星星」
蓋伯　努特

2. 沙盒
蓋伯　努特

3. 瑜伽下犬式

蓋伯　努特

4. 束手無策的魔法師們

蓋伯　努特

5. 地震

蓋伯　努特

6. 多贏得五天

蓋伯　努特

7. 在黑暗中發亮的銀河系皮膚

蓋伯　努特

8. 塵土蛋糕

蓋伯　努特

9. 被拉詛咒

蓋伯　努特

解答：

1. 努特：她是星空女神。
2. 蓋伯：大地之神，也掌管沙子。
3. 努特：她通常呈現出這樣的姿勢——弓著身體籠罩著臣服之人。
4. 努特：因為天空是努特的宿主，而天空如此巨大，魔法師無法捕捉她。
5. 蓋伯：大地之神＝地震
6. 努特：根據神話故事，拉不想讓努特生小孩，所以對她下了詛咒，使她無法在一年之中任何一天生產。努特於是與孔蘇（月之神、時間之神）打賭，獎品是額外的天數，最後她贏了。
7. 努特：學習努特之道的實習生愛死這個特色了！
8. 蓋伯：學習蓋伯之道的實習生愛死這種甜點了——把奧利歐巧克力餅乾壓碎後混合巧克力布丁，再點綴有嚼勁的蟲蟲，全放進裝沙子的塑膠提桶裡。美味極了！
9. 蓋伯和努特：拉另一個不讓他們有小孩的失敗計畫。詳見詞條「蘇」。

神測驗：俄塞里斯

神會重複他們的歷史。在很久以前（超級無敵久），邪惡之神賽特把他哥哥俄塞里斯關進棺材裡。為什麼？因為他是邪惡之神啊。在幾年前，他設下相同的陷阱，只是那一次他抓到了俄塞里斯與他的宿主，把他們關進牢裡。如果你有留意的話，你會知道那個宿主是誰。如果沒有……完成這個神測驗，你就會知道了。

選擇題：

1.（　）俄塞里斯是 ①以朱利斯．凱恩為宿主 ②藍色的皮膚，情緒憂鬱 ③冥界之神 ④以上皆是。

2.（　）俄塞里斯是誰的父親？①薛司穆 ②騷動使 ③阿穆特 ④荷魯斯

3.（　）俄塞里斯的代表符號是 ①瓦思 ②沙赫拉布 ③結德 ④貝努。

4.（　）他主要的住所位在 ①陽光田野生活輔助社區 ②惡靈之境 ③黃金石棺 ④死人之境的夜之河第七屋。

5.（　）他主要工作的地點是 ①陽光田野生活輔助社區 ②審判廳 ③紙草製作工廠 ④大英博物館。

6.（　）他最喜愛的人類小孩是 ①莎蒂 ②莎蒂 ③莎蒂 ④以上皆是。

解答：

1. ④對，那是我們的爸爸，是的。很久以前，俄塞里斯被其他的神流放到杜埃深處。我爸將他釋放，於是俄塞里斯就選擇他當宿主。因為情況失去了控制，他們永遠分不開。所以，技術上來說，我們的爸爸既是俄塞里斯，也是朱利斯．凱恩。

2. ④薛司穆是夜之河的魔神。騷動使是冥界小神，也是爸爸的得力助手。阿穆特是一隻怪獸，專吃無名亡者的心臟，但某種程度來說長得很可愛。

3. ③「瓦思」是力量的象徵。「沙赫拉布」是埃及的一種熱飲。「結德」代表勇氣、穩定，以及俄塞里斯的重生。「貝努」則是一隻鳳凰。

4. ④陽光田野是一個退休社區，由我們的好朋友兼河馬女神托爾特所經營。惡靈之境是……這，應該滿明顯的吧。我們也接受答案③，因為俄塞里斯曾住在黃金石棺裡。但那只是暫時的，而且我們試著避免提起這件事。

5. ②這世界上真的有紙草製作工廠？

6. ④呃，莎蒂！【這題本來就不在神測驗裡啦！——莎蒂】

地下法庭實境秀

文/莎蒂・凱恩

作為冥界之神，我爸（或俄塞里斯，如果你堅持正式稱呼比較好的話）會決定一個人死後是去蘆葦地（天堂）享受永生，或者是心臟被吃掉（這就不是天堂了）。這是很重要的工作，但我敢說它也有點無聊。所以，像我這麼聰明的女孩就想說，何不把它弄得像是電視法庭實境秀那樣，搞不好整個過程會有趣一點？你知道的，就是那個節目：某某法官大步邁入法庭，一襲寬大的黑袍隨步伐掃過地板，在庭上聽著一個不老實的人控告另一個不老實的人對他犯下的罪行，然後這兩人經過一陣叫罵、激動的指控，變得像索貝克[8]般情緒時好時壞，流下幾滴虛假的鱷魚眼淚之後，法官嘲諷兩人，最後朝做錯的一方做出有效的法律判決。實在太精采了。下次當你請病假在家，打開電視看一下，就會知道我的意思了。

現在，來看看我寄給我爸的劇情樣本：「決戰審判廳」（節目名稱未定）。

決戰審判廳

（播放戲劇性主題曲和片頭字幕，畫面配上我爸、阿穆特、一些長得不怎麼樣的人，以及真理羽毛的特寫鏡頭。）

場景：審判廳。金色的高臺上擺著一張空蕩蕩的王座。右邊擺著一組秤。左邊慵懶躺著的是阿穆特，牠是一隻混合了鱷魚、獅子、河馬的可愛怪獸，會把不值得存在的靈魂的心臟吃掉。旁邊坐著一群幽靈觀

❽ 索貝克（Sobek）是古埃及的鱷魚神，性情陰晴不定，難以捉摸，傳說是拉和賽特的護衛。

眾。如果我媽想要客串觀眾也沒問題！

旁白：歡迎來到審判廳。你們即將目睹的案子真實發生過。原告與被告都已死亡，但他們的冤屈尚未平息。勝訴與否，最終會有判決。

（戲劇性主題曲響起）

場景：騷動使進場。他有著衰老的長相與藍色皮膚，是冥界的小神，頭戴著十分可笑的埃及風格假髮。

騷動使：歡迎尊貴的俄塞里斯審判長，全體起立！

場景：我爸像個國王般威嚴地走進來，一身全套俄塞里斯行頭——亞麻短裙、純金和珊瑚項鍊、涼鞋，手上拿著彎柄手杖與連枷，他在王座上坐下來。

俄塞里斯：好的。待審清單上第一項是什麼？

騷動使：錯死官司。

（戲劇性主題曲響起）

場景：兩個鬼進場。原告穿一身過時的水手制服。被告穿著傳統的魔法師袍子，脖子上戴著「沫」（水）的護身符。

騷動使：英國水手宣稱這位埃及魔法師害他死在比斯開灣。

俄塞里斯：比斯開灣……為什麼聽起來很耳熟？

騷動使（不自在地清了清喉嚨）：啊，應該是因為克麗奧佩特拉之針。

（歷史感主題曲響起）

旁白：克麗奧佩特拉之針，是埃及政府送給大英國協人民的禮物。在一八七七年九月八日，這座巨大的紅色花崗岩方尖碑被裝進特製的鐵鑄圓桶中，由英國的「奧爾嘉號」將它從亞歷山大港拖出，航經地中海，在十月十四日送抵比斯開灣，那時發生一場暴風雨阻擋了行程。大浪拍打著鐵鑄圓筒，幾乎讓它沉沒入海。六名奧爾嘉號的船員（包括原告）為了拯救它而喪生。繫住鐵鑄圓桶的拴鏈最後斷裂，人們認定它從此失蹤了。令人驚訝的是，四天後它漂流到西班牙海岸邊，珍貴的禮物毫髮無傷。在延遲好幾個月之後，鐵鑄圓筒終於被拖運到倫敦。在一八七八年九月十二日，方形碑終於在泰晤士河畔豎立起來。

（戲劇性主題曲響起）

俄塞里斯：你好，水手。請說明你的訴狀。

水手：是這樣的，我當時正在做我該做的事，是吧？那根鐵雪茄裡不是裝著石頭做的紀念碑嗎？我正試著拉著它，結果不知從哪冒出這個傢伙（手指戳了戳埃及魔法師）。我轉頭問我夥伴：「等等，這是誰？」沒有回應，說時遲那時快，這個笨蛋埃及人揮舞著他的棒子，然後那個鐵桶就把我們都帶進海裡了！

俄塞里斯：然後你怎麼了？

水手：在海裡滾來滾去一陣子後就溺水了，不就是那樣嗎？

俄塞里斯：啊，對，當然。魔法師，你有什麼要說的？

魔法師：我是法老拉美西斯二世的後代。那塊方尖碑上有著記載他的勝利的榮耀刻文。我……

水手：唉唷，瞧瞧，法老的後代。說得好像很了不起一樣，很跩嘛。

（群眾發出一陣竊笑）

魔法師（瞪著水手）：這塊方尖碑是我通往荷魯斯神的入口，拉美西斯大帝曾是他的宿主。我在它的影子下住過很多年，使用著它的力量。

俄塞里斯：它的影子？請容我這麼說，但方尖碑不是被埋在沙裡好幾個世紀，直到英國人把它挖出來的嗎？（更多笑聲）

魔法師（正瞪著俄塞里斯）：那是我的！埃及無權把它當禮物送走。

俄塞里斯（手指擺成金字塔形狀）：我懂了。從你的護身符來看，我猜你是水之魔法師。

魔法師：史上最厲害的。

水手：死後最厲害的，才對。（笑聲）

俄塞里斯：肅靜！

水手：抱歉，庭上。

俄塞里斯：那麼，魔法師，我推測你去了海灣想把方尖碑拿回來。

魔法師：是的！而且如果我能在陸地上施展魔法，我可能就成功了。

俄塞里斯：啊，但你被迫要去大海做這件事。魔法會因為流動的水而變得更有威力。你那時不在穩定的陸地，而是在波濤洶湧的海浪中，你無法控制那麼強大的力量，於是那個鐵桶就失去控制。然後有人死掉，包括現在這位原告。

魔法師：那個，我……呃，我不知道會這樣。

俄塞里斯：騷動使，請給我真理羽毛。

魔法師：好吧，好吧！對，我引起暴風雨，我失去控制，然後有人死掉，包括原告。

水手：哇喔！你們都聽到他說的了！逮個正著！他該死！把他的心吃掉吧，親愛的小親親！

俄塞里斯：安靜！我本人現在下令小親親……呃，阿穆特，把這顆心吃掉！

（戲劇性主題曲響起）

旁白：俄塞里斯的裁定是……我們稍後繼續看下去。

（廣告時間）

你說說，這如果不是精采的節目，那是什麼？我可能要再加點精采的情節來吊人胃口。

另外，如果你好奇的話，我跟你說，方尖碑的確跟拉美西斯二世有關。運送它到倫敦的途中，有六個人因此死亡也正確無誤。關於法老的後代會因為靠近方尖碑而獲得能力加持，也是真的。我會知道這些，是因為我從我媽繼承了拉美西斯二世的血統，而我真的有感受到那個能量。卡特感受到的是兩倍力量，因為他不但是拉美西斯的後代，也像拉美西斯一樣做過荷魯斯的宿主。至於是否真的有魔法師變出了暴風雨，害死六名水手，就沒有任何證據了。但如果說魔法會釀成悲劇，我一點都不驚訝。

莎蒂，親愛的，謝謝以上的提示！我剛剛才親自去拜訪了一下老爹的紀念碑呢，而我必須說，我有充飽電！——薩特納

神測驗：賽特

許多的埃及神出現時，都會有容易辨識的動物頭部，比如說朱鷺、隼、鱷魚、狐狼。賽特也有著動物頭，但跟其他人不同的是，至今沒有人能認出來那到底是什麼動物。某方面來說，我覺得這讓他看起來更邪惡。

填空題：

1. 賽特是草叢裡鬼鬼祟祟、狡詐、有控制欲、邪惡、詭計多端的一條蛇！

關於賽特的性格，這個答案非常精準，不過我們要的答案是「邪惡之神」。說他是一條蛇，這得要被扣分了。那是阿波非斯才對，他是混沌巨蛇。

2. 賽特最愛的顏色是紅色、紅色以及更紅的紅色，從深紅色到……嗯，不是粉紅色，但可能是藝妓紅，如果他心情好，可能會發表一場大膽的時尚宣言。

這是正確答案。不過，關於時尚打扮，別忘了上次我們見到他時，他穿的三件式西裝是黑色的。

3. 賽特最近的三位宿主是阿摩司叔叔、亞利桑納州的紅色金字塔（在華盛頓特區被摧毀），以及，嗯，弗拉迪米爾·緬什科夫辦公室裡的孔雀石花瓶。

這是一道心機題，看能不能找到賽特上次跑到人類世界偷找的宿主是什麼。阿摩司叔叔和紅色金字塔是正確的；「孔雀石花瓶」倒是個令人驚喜的好答案。

4. 賽特的化身是一半是沙塵暴，一半是火，就是個鬼鬼祟祟、狡詐、有控制欲、邪惡、詭計多端的巨大紅色戰士。

答對了，雖然這答案有點太誇張。

5. 賽特擁有一隻特別的怪獸叫做勒洛伊。

勒洛伊是我給牠的名字。牠正確的名稱是「賽特之獸」，詭異地混合不同動物的組合，頭型像食蟻獸，尖牙如刮刀般銳利，耳朵像冰淇淋甜筒形狀還可以轉三百六十度，身體有如大灰狗般肌肉結實，卻又像馬一般高大，爬行蟲般的尾巴末端呈現三角形。我會不會驚訝這麼荒誕的怪物以邪惡之神為名呢？一點都不。

6. 與賽特名字相似、但千萬不要混淆的另一個名字是勒洛伊。

不好意思，但「賽特」到底哪裡聽起來像「勒洛伊」了？正確答案是「薩特納」。的確很容易把這兩個弄錯，因為他們都一樣很壞也很有控制欲。不過，賽特是神；薩特納是魔法師，或曾經是。現在他成了被關在塑膠雪球裡的鬼了。

加分題：賽特曾希望他的祕密名字「惡日」，可以改成「搖滾紅死神」或「光榮日」。你有其他建議嗎？

我覺得「墨瑞」這個名字能完全破壞他的風格。從現在起我要這樣叫他。

賽特的生日詭計

來自大儀式祭司阿摩司・凱恩辦公室
開羅某處的第一行省

收件人：第二十一行省的生徒們
主題：即將發生的詛咒

生徒們：

歡迎來到布魯克林之家。我期待與你們相見。不過，現在我得要先把你們丟進泳池的深水區磨練一下。不是馬其頓的菲利普那個池子，這只是一種說法，意思是我要派給你們第一份作業。

我腦中的知識告訴我，賽特墨瑞，也就是邪惡之神，為了報復凱恩家族阻擋他摧毀世界的野心，在第二十一行省各個地方安插了許多惱怒詛咒。如果一次只釋放一個，造成的危害不會太大。但賽特之所以是賽特墨瑞之所以是墨瑞，就是他會同時引爆所有的詛咒，時間就設定在他下一次生日的時候——十二月二十九日，也就是邪靈日第四天。如果這些魔法炸彈按照計畫爆炸，那麼你們這一區的不適感就會從一般值跳升到極端值，演變成充滿憤怒的混亂。

於是我希望你們完成的是：拆除這些詛咒，並且要快。因為我與賽特墨瑞的關係緊密，那讓我無法用魔法直接對抗他。不過，我已經辨識出一些明顯的威脅，也列出消除它們的建議作法。我很有把握這些方法相當合理。但是，假如說結果非我所願……那麼，試著別太用力詛咒我。

詛咒地雷：人擠人

一個急躁的行人想要穿過擁擠的大廳、走廊或人行道，會突然發現自己被一群閒晃、徘徊，或直接停在他們面前的路人擋住。起初行人想找機會閃避卻不成功，後來就試著突破人群，但路人覺得被冒犯了。兩方開始叫囂、推擠，然後其他義憤填膺的舉動隨即發生。

解決方式：

把四個荷魯斯之子[9]擺在基本方位點，圍住目標地區，例如繁忙時段的人行道。將你的魔棒觸碰這個區塊的主要走道，說出以下兩個咒語：「費特」（通過）與「哈—泰波」（安靜下來）。魔法將以藍色閃電般樹枝狀出現，貫穿所有連結通道。閃電會消失得很快，但咒語的平靜效果會在那個地方持續作用著。

[9] 傳說荷魯斯有四個小孩分別保護木乃伊的四個器官罐子。在這裡指的是象徵這四個人的小雕像。

詛咒地雷：碰碰車

賽特墨瑞在大型購物商店的停車場柏油地面，施了暴風的魔法咒。在他生日當天會出現暴烈的狂風，把購物推車快速吹向四周毫無防備的車子。到時造成的擦撞刮傷將讓車主氣得要命，脫口說出許多不堪入耳的髒話。行動較慢的路人也可能會成為目標，被這些搖搖晃晃的推車追著跑，非常尷尬丟臉就算了，還有可能因此造成輕微瘀傷。

解決方式：

這個詛咒無法提前解開，必須等到賽特墨瑞生日那一天才能採取行動。當天的日出前，先把河馬、駱駝、禿鷹護身符發給生徒小隊們，然後小隊們四散到各個重要地點，與護身符一起躲好待命。當第一台購物推車出現死亡翻滾時，用河馬與駱駝護身符擊碎它們，或以禿鷹護身符將它們騰空叼起重摔。注意事項：回家前，所有獅子、眼鏡蛇、鱷魚護身符都必須交出來。

詛咒地雷：咂嘴聲

很多人對嚼東西的聲音很敏感。這個詛咒使用了糟糕透頂的三叉攻擊，讓這種不舒服的感覺更加嚴重。首先，咀嚼的音質會變得比平常聽起來更多汁、更黏、更脆、咋舌聲更明顯。第二個攻擊是，這些噪音會被放大十倍。最後，進食的那個人會張著嘴吃東西，讓口中食物一覽無遺。此時，原本中等程度的不高興，會驟升到薛克梅特⑩威脅等級的暴怒，而且我們都知道在這之後會發生什麼事。

解決方式：

要預防這個詛咒，首先要使用神聖詞語「沫」（maw）來召集水（千萬別誤說成「瑪爾」（mar），這個詞的意思是「乾嘔」，一點都不神聖）。由於這個字會產生大量的水，我建議你們要站在浴缸旁或裡

⑩薛克梅特（Sekhmet）是古埃及獅神與女戰神。

面。接下來，對著這缸水喊出兩個魔法咒語：「黑里」（寧靜）和「希涅恩」（牙齒）。然後把水分裝進容量一百多毫升的可回收容器中，然後當做免費試喝品發給民眾。幸運的話，你們發送出的魔法水將足夠停止咂嘴聲以減緩怒氣。

詛咒地雷：狗大便

賽特墨瑞在布魯克林地區存放了好幾百條臭氣熏天的狗大便，然後用「伊牧—那達」（隱藏—保護）的咒語藏起來。這兩個咒語會在他生日當天中午立即失效，突然出現的狗大便就會掉在倒楣經過的路人腳上。

解決方式：

在解除這個詛咒的時候，極有可能會喊出「瑪爾」（乾嘔），所以請小心執行任務。所有人排成兩路縱隊，以步行方式穿越第二十一行省。當你們在走路時，一個人喊出「桑—啊」（現形），讓這些狗大便顯露出來；另一人負責喊「勒地弗」（清潔）。請注意：為了避免魔法倦怠所導致的失效，記得準備大便鏟子和袋子以備不時之需。

墨瑞，你這隻老狗啊你！總是變得出新把戲。我很期待當我變成神時，我們可以交換邪惡的故事。現在，我已經施行一個小詛咒，當我跟布魯克林之家說再見時，將全力引爆。——薩特納

神測驗：艾西絲

由於艾西絲是神聖文字女王，我不禁懷疑她是否曾用特殊的魔法指令，像是「阿布拉—卡達布拉」，讓她的咒語更加「活力四射」。

「你怎麼會這樣問？當然有啊。」當我問莎蒂時，她故作正經地這樣回答：「她說的是『布可斯曳』。」她當然是開玩笑的。我覺得。

是非題：

1.（　）艾西絲是智慧女神。
2.（　）艾西絲嫁給俄塞里斯。
3.（　）艾西絲對拉下毒。
4.（　）艾西絲為拉解毒。
5.（　）賽特把俄塞里斯解體後，艾西絲將他重新組合。
6.（　）艾西絲的象徵是「孢」。
7.（　）艾西絲的兒子是阿努比斯。
8.（　）唯一能讓艾西絲飛的是鳶（是真的鳶鳥，不是那個綁著一條線、飛在天空中的紙鳶風箏）。
9.（　）在古埃及時代，克麗奧佩特拉七世是艾西絲最後一位宿主。

解答：

1. × 錯誤。艾西絲是魔法女神。至於她是不是有智慧……只能說，那時她曾做過一些令人質疑的決定，所以她可能不算有智慧。
2. ○正確。雖然我想澄清一下，她是嫁給「那位俄塞里斯神」，不是嫁給作為俄塞里斯宿主的我爸。
3. ○正確。艾西絲希望俄塞里斯成為眾神之王。但是她的父親，拉，擁有王位，於是艾西絲派出一條毒蛇攻擊拉，沒有人知道解藥在哪裡。就像我說的，她做了一些令人費解的事……
4. ○正確。號外、號外，的確是有解藥的，在艾西絲手上！她同意為拉解毒以換取他的「仁」，也就是擁有拉的祕密名字好控制他。
5. ○正確。艾西絲在救了拉之後，「鼓勵」他把王位讓給俄塞里斯。不過，賽特也想要當王，所以他殺了自己的哥哥還切片、切丁。艾西絲在妹妹奈弗絲的幫忙下，重新把俄塞里斯給拼回來。這大概是史上最難玩的拼圖了。

6. × 錯誤。「孢」的意思是惡靈，而儘管艾西絲可能老謀深算，也很渴望權力，但她並不邪惡。她的代表物是「切特」結，象徵保護。

7. ○正確，算是吧。她在奈弗絲拋棄阿努比斯後領養了他。

突然意識到，如果在我還是艾西絲的宿主時跟阿努比斯約會，那有多詭異啊。——莎蒂

8. × 錯誤。鳶是艾西絲的神聖動物，她靠著自己美麗的彩色翅膀，就能飛得又高又遠了。

9. ○和 × 可能正確，但更有可能是錯誤的。參考我的荷魯斯故事，你就會懂了。

魔法之觸

文/莎蒂・凱恩

說到咒語和神聖文字，沒有人能贏過魔法女神艾西絲。當我還是她的宿主時，我可以隨時取用她淵博的知識。現在，如果我需要，我還是會借助她的力量（記住，這就是眾神之道的重點），不過我也有別的管道來增強魔法知識。書卷就是很好的來源，而我也會利用即時通道，跑到第一行省請教阿摩司叔叔，他是還活著的魔法師中最偉大的一位。又或者是和大儀式祭司伊斯坎德的靈魂開個杜埃聊天室，在所有死掉的魔法師中，他最厲害。

不過，當我傳輸艾西絲的母性神力時，書卷、阿摩司、伊斯坎德都不夠用。對於那部分的力量，我不是很擅長，但現在我們有一群年紀最輕的生徒們（我們叫他們是「咬人腳踝小毛頭」，這名稱有時正確地讓人痛苦）需要母愛關懷。這些時刻我會握緊切特護身符，跟我自己的媽媽求救，她雖然是個鬼魂，但卻是我所知道最好的媽媽。除此之外，她也跟艾西絲很親近，所以我可從一個源頭獲得兩倍份量的母性本能。

最近，我就有和我媽聯繫，請她教我怎麼處理雪比——她是年紀最小、最有力量的生徒。以下是我跟我媽的對話：

我：媽！媽！媽！你在嗎？

媽：我在這，親愛的，你喊第一聲我就聽到了。你好嗎？

我：糟透了。雪比快把我搞瘋了。

媽：這次又怎麼了，她用攻擊咒語「哈威」突襲別人，還是讓蠟筆畫變得有生命力好拿來嚇人？

我：更糟。她用了毀滅咒語「哈——迪」。她毀了自己的占卜碗和房間，我還來不及阻止她，四樓地板就破了一大塊。

媽：那你怎麼讓她停下來的，我可以知道嗎？

我：唔……

媽：噢，親愛的。你該不會用塔斯咒語把她綁起來了吧，有嗎？

我：我有馬上放開她。好吧，幾乎有啦。我就是搞不懂她的爆點是什麼？

媽：嗯。她是先瞄準她的占卜碗嗎？那你知道她最近有跟誰聊過天嗎？

我先快速說明一下：占卜是一種古老的溝通方式，做法是用很不舒服的姿勢環抱著一個裝滿橄欖油的青銅淺碗，請求見到某人或某個地方，然後盯著碗底，滿心期待那個人或那個地方會自動浮現。占卜既不方便也不可靠，而且根本沒辦法隨時進行，真的很討厭又讓人脖子痛。

我：雪比可能有跟她爸媽聊過。我聽說他們剛生了新寶寶。

媽：啊。難怪。

我：是嗎？

媽：莎蒂，雪比在吃醋。她這樣大動作是為了要引起注意。卡特在你出生後也是這樣。

我：他有這樣？但我那麼可愛！他怎麼能夠不愛我？

媽：很顯然的，他後來就愛你了。不過一開始，他因為吃醋，不管對誰或對任何東西，都是又打又踢又揍。現在回頭想，他的行為根本暗示著他很適合當荷魯斯的宿主啊。

我：如果是踢和揍，我還能夠處理。但是像雪比那樣的毀滅性破壞……這我真的不大行。有什麼好建議嗎？

媽：試試看魔法之觸。那讓我成功安撫了卡特……艾西絲也用這個收服了荷魯斯。

我：是喔，那你得跟我解釋一下那是什麼。

媽：對。你看一下這個。

此時此刻，我房間的牆上出現古埃及雕像、石雕與墓室壁畫的立體投影影像。每一張裡頭都有一個母親懷抱著她的小兒子。

我：這很明顯不是你跟卡特啊。是艾西絲與荷魯斯？

媽：對。他們看起來很舒服放鬆，不是嗎？

我：從沒想過艾西絲是這種呵護型的，不過，真的就像你說的。

媽：啊，是的，但這些影像只是部分的故事。

這時候，出現一張新的投影，是一個有著小小胡狼頭像的神，取代了艾西絲與荷魯斯的影像。當我認出是那個神時，我嚇一大跳。

我：啊我暈了！那是阿努比斯還是嬰兒的時候？

媽：對啊，拜託不要再發出那種尖叫了。阿努比斯是奈弗絲和賽特的兒子，你記得吧，但賽特不喜歡他。所以，艾西絲與俄塞里斯接納了阿努比斯。不過，荷魯斯不想跟別人分享爸媽的關注。他躲到化身裡，然後發了一頓脾氣。

我：真討厭。所以，艾西絲怎麼做？處罰他？

媽：正好相反。她也進入化身模式，然後抱住他。荷魯斯用力想掙脫擁抱，但艾西絲抱得很緊，對他不斷輕聲說著有多愛他。最後，他聽進去了。他們回到神的正常狀態。那就是擁抱出現的時機點。

我：所以魔法之觸就是大大的擁抱。

媽：一點都沒錯。這個方法幫了艾西絲，也幫了我。我想，對你也會有用，不過面對雪比，你可能要讓艾西絲多給你一些擁抱的力量。

我：謝啦，媽。我今晚會試試看。愛你。

媽：我也愛你。

如果你想知道的話，我在熊抱雪比時一邊跟她角力，獲得的獎品是我的腰肋瘀青了一大片。不過這一切都是值得的，因為後來當我去幫她蓋被子時，我發現一張圖，上頭她畫著我們摟抱在一起的樣子，而雪比正微笑著。所以，任務完成，另一場毀滅危機也解除了。

神測驗：奈弗絲

奈弗絲是河流女神，更精準地來說，是尼羅河女神。這麼說來，她沒有因此而緊抓權力不放，滿令人驚訝的。我的意思是，整個埃及文明的成長和繁榮靠的就是尼羅河，對吧？然而奈弗絲不跟賽特、艾西絲、俄塞里斯、拉爭權奪位，選擇低調退居幕後。對我來說，這像是尼羅河由南流向北一樣，不按牌理出牌呢。

問答題：奈弗絲對賽特的感覺如何？

唉，這很複雜。就某方面來說，她是愛他的。我是說，她嫁給了他，所以她肯定愛他。另一方面，她又怕他，因為賽特是邪惡與暴力之神，他可能很暴力也很邪惡。畢竟，他把自己的哥哥俄塞里斯剁切成塊，又在一場對戰中把侄子荷魯斯的眼睛挖出來。但是基於某種原因，奈弗絲相信賽特不會傷害她，雖然她曾不順著他的意，跑去幫助艾西絲重整俄塞里斯的身體（噁）。賽特也曾讓奈弗絲傷心。因為他不肯接納兒子阿努比斯，她只好放棄自己的小孩。所以，我要回到我一開始的答案：奈弗絲對賽特的感覺是很複雜的。

大儀式祭司的日記

文／姬亞・拉席德

最近我收到來自第一行省的包裹，裡頭有十二片「奧斯特拉卡」（古埃及人用來書寫和繪畫的破陶片），以及底下這張紙條。

親愛的姬亞：

你今天收到的包裹是從麥肯埃爾拉瑪哈歆拉寄出的。願它們帶給你平靜與理解。

阿摩司

這十一塊破陶片上寫著我熟悉的字跡，是大儀式祭司伊斯坎德。看到他寫的字，我馬上流淚了。在歷史上，他被認為是生命之屋最厲害的領導者與魔法師，曾下令任何人只要擔任過神的宿主，不管願不願意都得被處死。但對我來說，他是仁慈又溫柔的代理父親。當我的村莊被摧毀時，是他救了我。幾年後，他又救了我一次，那時他發現我是小神，於是違反他自己立下的律法，把我藏起來。

這些陶片是他的觀察日記，記載著奈弗絲直接入宿我體內的那一天。我之所以說「直接入宿」，是因為我並不知道我是她的宿主。伊斯坎德逼她現身後，把我偷偷帶到紅沙之地。在那兒，他把我們這對女神與小神安置在一個以水做成的墓室，並以魔法封印保護著。

奈弗絲與我雙雙沈睡的三個月中，伊斯坎德死了。我一直不懂為何他允許奈弗絲與我合體，但現在我知道了。面對奈弗絲，我無法假裝我能用過去理解拉的方式來理解她。這些陶片幫助我多認識她一些，特別是以另一個字跡寫的第十二張陶片。我從來沒見過它，卻有份熟悉感。現在我把這十二張陶片與你們分享，這樣你們可以更了解奈弗絲，還有伊斯坎德。

一號陶片

姬亞從倫敦回來後就變得不一樣了。她的黃紅色光環現在閃著藍光，像是火焰中心的藍焰。那代表什麼意思呢？也許是她的火能力被強化了。

二號陶片

我們的飾品工匠告訴我，姬亞跟他要了一個水的護身符。火的魔法師配戴一個象徵水的符號，感覺怪怪的。如果是其他人就算了，但那是姬亞……我還是謹慎一點看著她比較好。

三號陶片

姬亞睡著了。我站在她房門口外，聽見她在說夢話，說哈皮很開心。她為什麼會夢到住在尼羅河的那個藍色巨人哈皮？

四號陶片

此時我看見姬亞正盯著時代廳的一道回憶。那是賽特發現妻子奈弗絲背叛他時，他所發出的憤怒之吼。當我把她拉回來時，她雙眼瘀青並帶著恐懼。

五號陶片

姬亞一個人孤單地在透特噴水池旁閒晃，她把手臂深深浸到水裡，她以為我沒有在看她。

六號陶片

透特請幫助我，我真是瞎了眼。我的火小孩竟是奈弗絲的小神。

七號陶片

我已經和奈弗絲女神溝通過了。她一開始就知道姬亞不是一個合適的宿主。她可以感受到姬亞愈來愈混亂。但女神猶疑著不想離開。她害怕賽特會找到她，逼她加入他的陣營。寄宿在姬亞體內讓她感到安全，她的水被姬亞的火隱藏著。

八號陶片

奈弗絲有一個兩全其美的辦法。她答應會保護我的火小孩。透特請幫助我，我祈求這方法會成功。

九號陶片

我一邊雕刻，衰老的雙手一邊顫抖著。我正在做的這個薩布堤，是最後一個，必須是我最好的作品，一分一毫都不能出錯。比起姬亞的性命，還有更多的人需要靠它拯救。但我必須坦白，確保姬亞活著是我唯一的念頭。

十號陶片

姬亞知道這個計畫了。我得先剪下她一段頭髮，好把她的元神加灌到薩布堤裡。她現在會跟奈弗絲溝通了。

十一號陶片

當我把拉的彎柄手杖和連枷放在她胸前時，她露出害怕與信任的眼神……這心碎的一刻我永遠不會忘記。奈弗絲，讓她保有理智。保護她的安全。一有機會就放她自由吧。

十二號陶片

在你的石棺附近的水灘裡，我發現這些四散的陶片。我流著淚將它們寄給你，請節哀。願你在蘆葦地與伊斯坎德重逢。

神測驗：荷魯斯

我才不是你們說的那樣肌肉發達或凶猛嚇人。（省省你的評語吧，莎蒂！）【喔，卡特，你的自我評價已經這麼準確了，我還要說什麼呢？——莎蒂】所以，對，當我是戰神荷魯斯的宿主時，充滿肌肉是滿有趣的。缺點是，我得跟他分享我的大腦（當他的力量大到我難以處理時，我常得要應付發高燒的威脅），還必須聽他炫耀戰績。好笑的是，他從不提他打輸的時候……

選擇題：

1.（ ）荷魯斯的曾祖父是 ①古夫 ②印和闐 ③拉 ④泰夫奴特。

2.（ ）荷魯斯的兩隻眼睛各是什麼顏色？①淡藍色和海洋綠 ②瀝青黑和牛奶白 ③金色和銀色 ④這是陷阱題；他的眼睛如萬花筒般變換著各種色彩。

3.（ ）荷魯斯的劍叫做 ①卡佩許 ②荷魯斯之眼 ③奈截利 ④翠蘇西魯。

4.（ ）荷魯斯有兩隻神聖動物，其中一隻是傳說中的動物，牠們是什麼？①企鵝和鳳凰 ②河馬和昂首聖蛇 ③眼鏡蛇和蛇豹 ④隼和葛萊芬。

5.（ ）荷魯斯的化身是 ①企鵝頭的河馬 ②隼頭戰士 ③飛翔的眼鏡蛇 ④一件充氣人形風衣。

6.（ ）如果荷魯斯有個心愛的玩具，那會是 ①擂台機器人組 ②鳶（用一條線控制、在天上飛的那種，不是真的鳥） ③呼拉圈 ④數字彩繪墓室著色圖。

解答：

1. ③：古夫是一位名氣響叮噹的法老（也是我們的狒狒管家的名字）。印和闐是有名的建築師、數學家、治療師。泰夫奴特是……等等，再跟我說一次她是誰來著？

2. ③：有萬花筒眼睛的是透特。

3. ①：荷魯斯之眼是荷魯斯的象形文字符號。奈截利是開口儀式中使用的隕鐵刀片。翠蘇西魯是長相醜陋的雙頭蛇。

4. ④：鳳凰、昂首聖蛇、蛇豹也都是怪異的神話動物，不過古埃及人有可能也覺得企鵝長得很怪。

5. ②：我見過飛翔的響尾蛇（叫做昂首聖蛇），也見過鼓脹卻空蕩蕩的風衣。但有企鵝頭的河馬？拜託，連埃及怪物都沒有那麼詭異好嗎？

6. ①：擂台機器人組是一個很經典的玩具，由兩個塑膠機器人組成，彼此朝對方臉部揮拳，直到一方的頭被打飛掉，另一方就贏了。一點意義都沒有？也許吧。很有娛樂性？超級有趣的。荷魯斯會喜歡這個玩具嗎？肯定會！

荷魯斯復仇記

文／卡特・凱恩

正當你以為你了解某位神的時候，你又挖掘到關於他的驚奇新鮮事，就像我最近拜訪第一行省時所發現的。那時，阿摩司叔叔有事遲到，於是我跑到時代廳閒晃，在幾公里長的廊道兩側，有著發出微光的回憶布景，從古代貫穿到現代。每一個時期有它獨特的顏色：金色是時光的初始，銀色與銅色是埃及統治的高峰期，藍色是衰敗中的埃及，最後向羅馬帝國投降，紅色是現代歷史的開始；我們所在的年代則是深紫色。

我沒有在紫色影像那兒停太久（那一點都不稀奇，來點新鮮的吧），我轉而走到過去的時代。在紅色與藍色之間有一件事吸引了我。

沉溺在過去不大好，不過我無法控制自己。於是走進了回憶。

隨著出現的影像，我的腦子爆炸了。我看見二十歲的克麗奧佩特拉七世，也就是最後一位埃及法老，從鬆開的毯子中滾到羅馬帝國將軍尤利烏斯．凱撒的腳下。她的美貌虜獲這位五十二歲羅馬人，兩人成為戀人。（那時我翻了白眼。）

二十歲與五十二歲？抱歉，但這有夠噁心的！雖然我也許沒有立場說三道四的，畢竟我約會的那個男孩，也大概介於十六歲到五千歲之間。——莎蒂

時間在一年內快速飛奔，到了公元前四十七年。克麗奧佩特拉生下一個孩子，她暱稱為「凱撒里昂」，也就是「小凱撒」。她猜想，凱撒沒有其他兒子，應該會承認這男孩為合法子嗣。我可以感覺到，她想要的最終勝利是，有一天她的兒子不但會繼承凱撒的地位與財富，同時也拿回埃及王位。

只是凱撒沒有這麼做。他忽視克麗奧佩特拉的兒子，而選擇他的侄孫屋大維作為他唯一的繼承者。克麗佩特拉的勝算轉變成怒火。三年後，凱撒遭到暗殺，而屋大維接收舅公的位置，她的憤怒轉成執念，一心一意想把屋大維拉下王位，改由小凱撒取代他。但她無法獨立完成這個計畫。所以，某個晚上，她帶著還在學步的小凱撒，尋求協助。

「艾西絲！」她強悍的聲音在我腦中響著。「艾西絲！」

魔法女神立即現身，克麗奧佩特拉獻出自己。「我自願成為你的宿主。」然後她把手搭在小凱撒身上。「而且我提供我兒子作為你兒子的宿主。」艾西絲接受這個提議，召喚荷魯斯。當晚，結合完成。

那時我差點把自己拉離這段時光回憶。一個三歲才剛學會走路的小孩，要當戰神的宿主？光想到就覺得恐怖。然後我想起我們那個小暴君雪比的激烈個性。如果小凱撒有任何像雪比的舉止反應，那大概是他身上的荷魯斯正在展現神力。

接下來回憶又快速往前。克麗奧佩特拉與馬克安東尼（屋大維的羅馬人敵手）墜入愛河。她把自己的錢、兵力、艾西絲的力量，都拿來幫助他。在公元前三十二年，他們向屋大維下戰帖，想要拿到羅馬帝國與埃及的主控權。戰爭延燒將近兩年。在公元前三十年八月一日，屋大維贏了。

在極度沮喪與感覺受辱之下，安東尼自殺了。

十天之後，克麗奧佩特拉把自己關在房間。她從簍子中拿出致命的蝮蛇，將牠的毒牙按進自己的胸口。蝮蛇咬了她，將毒液注進她的血管。蝮蛇毒液並不會立即將人殺死；它讓你癱瘓。克麗奧佩特拉倒在她的床上，等待死亡降臨。

這些影像以光速在我腦中閃過。當那隻蝮蛇露出尖牙時，畫面慢了下來，好像在展示重要的東西給我看。就在那個時刻，我看到了——一隻暗紅色的蛇重疊在蝮蛇身上。我倒抽一口氣。

「混沌之蛇，是阿波非斯！」

「不，」我修正，「是他的手下之一。」

就好像在回應我一樣，回憶影像又換成另一個。我深深地潛入無底深淵，在那裡，貓女神巴絲特正大戰混沌之蛇。她一時挫敗後退，剛好有足夠時間讓阿波非斯低聲交代他的僕人：「去攻擊艾西絲。」

阿波非斯的手下快速地往上穿越杜埃，來到克麗奧佩特拉的房間。它在蝮蛇的四周盤繞。當蝮蛇咬了克麗奧佩特拉一口時，紅蛇也咬了艾西絲。後者的毒藥仿製蝮蛇毒液，所以當克麗奧佩特拉不支癱瘓時，艾西絲也一樣。

艾西絲有次用毒蛇害了一位超重神（超級重量級天神），現在她自己差點也成了毒液的受害者……嗯，只能說是報應還是諷刺，諸如此類的。——莎蒂但艾西絲不想跟克麗奧佩特拉一樣消失。「荷魯斯！」

荷魯斯聽到了母親的求救。他拋下小凱撒，飛到克麗奧佩特拉的房間，從克麗奧佩特拉垂死的身體上，猛力將艾西絲拉出來。他們逃到南方，遠離了埃及和羅馬，也避開了那些服從大儀式祭司伊斯坎德而將神驅逐的魔法師們。荷魯斯和艾西絲一路上挑選雕像、手藝品，以及踏腳石那類的東西作為他們的暫時宿主，最後抵達努比亞區一個遙遠、名叫庫許的地方。

我曾經和爸爸去過庫許遺跡。現在我看到的是它最繁榮的時刻。庫許不像埃及那麼壯大，但卻顯露出力量。在那股力量的中心，是該地聰明且凶猛的領導人，名叫阿曼尼瑞納絲的戰士女王。**【當卡特告訴我這個故事時，我還以為他說的是「名叫亞曼尼維納斯的沾溼漁網」呢。——莎蒂】**她是一個女戰士康達卡。「康達卡」指的是「女王」。常伴左右的是她的兒子，阿基尼達德。

荷魯斯雙手抱著虛弱的艾西絲，現身在他們面前。阿曼尼瑞納絲馬上抓住這個機會，說：「我提供自己作為宿主。」但是當荷魯斯示意艾西絲走向女王時，阿曼尼瑞納絲抓住了艾西絲的手。「不是為她。是為你。」

艾西絲表示反對。但荷魯斯認為如果想報仇，機不可失。「我會將我的力量與康達卡結合，」他告訴母親：「當她面對屋大維的軍力時（一定會發生），我們會合力消滅他們。我不但會為最後一位法老克麗奧佩特拉報仇，也會為小凱撒戰勝他所應得的一切。我將打敗他們，並且讓屋大維就此消失於人世。請接受王子作為你的宿主，並且待在我身邊好好休養。」

阿基尼達德王子似乎不是太熱衷於成為艾西絲的宿主，但阿曼尼瑞納絲女王與荷魯斯融為一體時，她的眼中閃耀著勝利的光芒。

我沒有看到接下來發生的事，因為阿摩司叔叔把我從影像布幕中拉出來。這也許是好事；我有點太投入了。

稍後回到布魯克林之家的圖書室時，我查了一下阿曼尼瑞納絲和阿基尼達德的歷史。正如艾西絲所預測的，女王的確戰勝了羅馬人，而艾西絲也贏了，她取走屋大維（又叫做凱撒・奧古斯都，他成為羅馬帝國的第一位皇帝）的青銅半身像當作戰利品，把它埋在自己的神廟門口底下。在往後的時光裡，任何進出神廟的人，都可以踩在屋大維的頭上。

「很不錯的復仇記嘛，荷魯斯。」我想著，我知道有些埃及魔法會以雕像來對付人。奧古斯都大概好幾年頭都很痛。

我也在阿曼尼瑞拉絲的歷史中，發現了關於荷魯斯的其他線索。像是她曾在戰役中失去一隻眼睛；荷魯斯大戰賽特時也失去左眼。古希臘作家斯特拉波⓫曾描述這位戰士女王擁有「相當陽剛的體格」。他應該不知道自己盯著看的，其實可能是荷魯斯。另外也有石雕將她描

⓫斯特拉波（Strabo），公元前一世紀歷史學家、地理學家。

繪地相當高大。對我來說，那個石雕刻劃的是被荷魯斯當作化身的阿曼尼瑞納絲。她的頭上有一隻飛撲而下的猛禽，大概是一隻隼。

我另外也得知，在克麗奧佩特拉死後才過十一天，屋大維就把小凱撒殺了。雖然令人難過，但也不意外。畢竟，小凱撒失去了媽媽，也失去了幾乎寄宿他一輩子的神。任何人在這種狀況下都會很脆弱。

不過，比較讓我驚訝的是，荷魯斯會在第一時間拋下小凱撒去救艾西絲。我的意思是，荷魯斯不完全是一個理想的兒子。他曾因為艾西絲讓他生氣，就把她的頭給砍下來。但是，也許拯救她是荷魯斯道歉的方式。也許這也說明了為什麼我們可以融合得這麼好。如果我媽的生命受到威脅，我也會因為救她而放棄一切。或許荷魯斯在我身上看到他自己的這一面。

噢，或許你想知道，我會不會介意荷魯斯的宿主曾經是個令人恐懼的戰士女王？答案是不會。我喜歡堅強的女性。我媽媽就是其中之一，還有我的女朋友也是。還有莎蒂嗎？她可能是她們裡頭最有力量的那個。

卡特！你真好。我要收回我曾經說過的、關於你的每一個惡毒的字眼！那個，我保證，要花一點時間。還滿多的就是。——莎蒂

荷魯斯的宿主是一個貴婦，啊？對此，我完全沒問題。是這樣的，我自己有想著要來點雙重性別的戲碼呢。我是可以告訴你是誰啦，不過這樣就沒有驚喜了……——薩特納

神測驗：阿努比斯

我有一次問阿努比斯一共參加過幾場葬禮。他給了我一個很奇怪的表情——雖然我覺得他看起來很奇怪，大概是因為他透過華特的眼睛盯著我看的緣故。他的回答是：「所有的葬禮。」

填空題：

1. 阿努比斯是 我的男朋友。

如果是莎蒂來回答，這個答案基本上是正確的，但我們比較偏好的答案是「葬禮與死亡之神」。

2. 他的特色是 性感。以及，溫暖的棕色眼睛，他常常只是看著我，我的心就融化了。

再說一次，以莎蒂來說，這個答案算正確，但我們希望你回答「胡狼頭」。

3. 你最有可能找到阿努比斯的地方在 不是在我房間！真的！

嗯……對。正確答案是「墓地、葬禮，任何其他死亡降臨的地方」。

基於某種原因，卡特設計的問題到此結束。他甚至沒有要華特寫下任何有關阿努比斯的事！到底是為什麼？——莎蒂

其他重要天神

神測驗：貝斯

關鍵字：有史以來、最棒的、侏儒

問答題：

在很久很久以前，生命之屋的魔法師允許貝斯，也就是侏儒神，可以繼續留在人間，其他的神必須離開。這是正確的決定嗎？

當然是！在眾神之中，貝斯獨一無二。就單說一件事：他不需要宿主——至少我認為他沒有。反正我從沒看過他變成其他什麼東西，他就是他自己，一個又棒又好笑的模樣。

貝斯不像其他的神因為私欲而利用人類，他會保護他的人類朋友並且非常忠實。他那矮短、有著圓滾滾大肚子、僅掛著遮羞布、毛茸茸的身軀，會在需要的時刻火速出現，為他所愛的人擋下危險。然後他會用迅雷不及掩耳的速度，以巨大、有彈性的雙唇發功：「噗！」這招救了我好幾次。

如果這還不夠說服你，所有目睹過他跟他女友托爾特相處的人，都能證明他是怎樣的神。對我來說，貝斯一直以來都很出色，值得特別的關注，毫無疑問。

醜的幻影術

文／貝斯

你大概會覺得奇怪，既然眾神現在並不在我們這個世界了，怎麼會出現這一章。是這樣的，貝斯享有特權，他是埃及人最鍾愛的神之一，所以他常常跟我們有聯繫喔。——莎蒂

現代人類讓我覺得很困惑啊。你們對美如此著迷，卻忽略了真實力量的來源。我所說的就是醜，當然。

在開始說明前，讓我先聲明一下。我提到的「醜」是指「外在的醜」。我對「內在的醜」沒有興趣，也沒有想把它跟誰畫上等號。所以，如果你讀這篇的原因是以為想獲得一些技巧來侮辱別人、貶低別

人壯大自己，或是說別人的壞話，出口通道就在那裡，再見。

現在，我知道你正在想：「但是，貝斯，我有個可愛的小巧鈕扣鼻、自然整齊的頭髮，與完美的體態。我怎麼有辦法運用醜的力量？」把你的擔心放到床上，給它個晚安吻，然後關上燈。因為我有個法寶：獲得專利的「醜化技五步驟課程」。對，「醜化技」是一個詞。還是你想得到更好的「美化技」的相反詞？

輕鬆五步驟：變得更醜，更有力量！

步驟一：讓腳指頭說嗨

指甲也是有話要說的，所以不要怕，秀出來！最大的視覺效果就是，不要剪指甲，把它留長到捲起來，然後在粗糙、骯髒的地面上摩擦指尖，直到它們變得參差不齊，一整個髒兮兮。如果可以，讓指甲染上黴菌。耐心等候並且不要太注意它，很快的，十個指頭都會擁有又厚又黃的髒指甲啦。

有時候，出門打赤腳可能不大方便。別著急！穿上魔鬼氈運動涼鞋配黑色直筒襪，或套進與鱷魚神索貝克同名的鱷魚鞋⑫，至於閃亮亮塑膠裝飾品，有沒有都沒關係。時尚評論家都同意：要比的話，鞋子本身還是比較醜！

嘿！把手指甲咬得短短的，讓手乾燥、脫屑、紅腫，然後戴上露指手套，就是今年冬天最夯的變醜祕密。分享出去吧！

步驟二：讓全身毛茸茸的！

沒有什麼比這樣更上相了：全身的毛髮都長在對的地方。所以，永遠不要刮腿毛與腋毛。你的胳肢窩藏有力量，放手讓那些毛毯成長，成為毛之榮耀吧！而且千萬不要洗它，擁抱那麝香般的氣息！還有，臉上過於茂盛的毛囊是你的好朋友，因為一個人如果滿臉鬍鬚不修邊幅，還長到與眉毛連成一線，是沒有人敢惹他的。如果擁有厚毛衣般的背毛和胸毛、濃卷鼻毛與耳毛，更是加分！

嘿！假鬍子已經是過去式了，但假羊排鬍就很令人垂涎三尺喔！而且這不再只是男人的專利。分享出去吧！

步驟三：就是老套不行嗎？

我們都經歷過這種情況：在需要盛裝打扮的時候，卻找不到適合的衣服。嗯，你可以什麼都不穿，不過對初學者來說，我還是不推薦啦。不過，你可試試下列的重點建議：不合時宜的復古穿搭。比如搭配或混搭墊肩夾克、喇叭褲、喇叭袖上衣、媽媽型牛仔褲、碎花長裙、海軍領上衣；從老衣櫃裡挖出的肩章、多折領巾、木鞋、臀墊裙撐。或者試試看不敗裝扮：身上罩一件帶有髒汙、沒綁緊的浴袍，裡頭穿著不合身的泳衣——要不是穿起來鬆垮下墜的大尺碼泳裝，就是

⓬ 鱷魚鞋是美國輕便鞋品牌卡駱馳（Crocs）的別名。

擠出贅肉的超級緊身泳裝，任你選擇！總之，醜打扮的錯誤作法，就是讓自己看起來很正常。

嘿！留意一下夏威夷衫，以前一度被嫌醜，現在變成所謂的酷炫潮衣。分享出去吧！

步驟四：秀出頭髮的個性！

你是否有著茂盛好梳理的頭髮，沒有頭皮屑、分叉、打結，因此覺得很困擾？別絕望。辦法很簡單，只要倒梳、亂剪和打結就好了！如果是要咆哮蓬亂的效果，可以把頭髮一束束地抓起來，往頭皮方向反梳。還是你想要沒有刻意整理的狂放感？那就用鈍的剪刀或電動剃刀，隨性地剪掉或剃除幾叢頭髮。如果想讓頭髮快速打結，只要把口香糖塞進辮子深處，整個編得緊緊的即可。還有，別忘了戴上巨大彩色蝴蝶結，或者印有標語的鴨舌帽！

嘿！永遠不要低估頭蝨讓人噁心反胃的力量。分享出去吧！

步驟五：做自己不要怕

如果你發現自己遇到麻煩了，比方說有魔鬼在你背後緊追不捨，記得：保持愁眉苦臉，還要把它加強成怒視、鬼臉，或者咆哮。還要加上一對抓狂的眼睛，將雙眼瞪大，或者用單眼瞪視，這樣一定可以阻止他們原本正在做的事。不過，別就停在那裡。接下來將你的鼻孔撐大，皺眉，露出牙齒和牙齦，然後把舌頭吐出來，搖頭晃腦，讓口水飛濺四周。你的臉部表情會把你將你的意思傳達得既大聲又清楚：醜八怪跟我是一國的，所以現在要倒大楣的「是你」！

嘿！放任你的青春痘蓬勃發展吧。那些小小的膿包突起是力量的泉源！分享出去吧！

總而言之，我要告訴你們的最後一個字是：「噗！」我的重點是啥？就是，醜本身就很強大。如果醜加上一個好的恐嚇，直接吼在攻擊者的臉上，你就所向無敵了。如果你還沒找到自己特殊的字眼，別擔心。先變醜，它自然就會出現。

嘿！不確定是否準備好要從頭醜到尾？你可以先試試看醜的幻影！分享出去吧！

幻影是用來隱藏一件事或一個人真實面貌的魔法偽裝術。我覺得你應該要知道這一點。——莎蒂

神測驗：透特

透特不只是智慧之神。他還發明了書寫，以及想出生命之屋這個點子。他與朱鷺超級合拍，以至於當他以神的形象出現時，他的頭部就是個朱鷺頭。更別說他跟狒狒有特殊的關係了……

連連看：

A

賈胡提
醫學
帕安卡
大祭司
曼菲斯
一團綠色氣體
烤肉醬
透特正在進行中的工作
書吏

B

《淺論犛牛的演化》
田納西州與埃及
透特在杜埃的一種形態
一種已知的汙漬製造劑
一般魔法師
透特真正的埃及名字
最高等級的魔法師
生命之屋
曼菲斯大學沒有這門課程

解答：

賈胡提：透特真正的埃及名字。「透特」來自希臘文。

醫學：曼菲斯大學沒有這門課程。顯然也沒有天文學。

帕安卡：生命之屋

大祭司：最高等級的魔法師。同時是三百六十個行省的總領導者。

曼菲斯：田納西州與埃及。這個美國城市名稱取自埃及一個同名城市。或者相反？

一團綠色氣體：透特在杜埃的一種形態。為什麼呢？因為他有點瘋狂，我想。

烤肉醬：一種已知的汙漬製造劑。同時，若塗在慢烤肉類上會很美味。

透特正在進行中的工作：《淺論犛牛的演化》。因為……不懂。

書吏：一般魔法師。一般？我不覺得。

文字之海

文／來自里約的克麗約

我想我應該要早點發現那件實驗室外套的。我沒做到的原因，是因為布魯克林之家的衣帽架上，都是我們的實習生脫下來的外衣，有各種尺寸的連帽衣、毛衣、外套等等。這件邋遢的實驗室外套就隱身在其中……直到它不再躲藏。

我找到它的故事其實滿好笑的。那時候我正在圖書室為紙草卷除塵，一邊想著透特書。它會被藏在哪裡？我要怎麼著手開始找？書裡有什麼眾神的祕密？老實說，我差點召喚專門拿東西的薩布堤去幫我找到那本書。就在那時，一小團灰塵飛進我鼻子裡。我打了噴嚏，然後……好啦，我承認，我沒有摀住鼻子，鼻屎就噴出來了。

原本故事會在這裡結束，但我的鼻屎降落在那件實驗室外套上，我發現袖子上浮現一個德文字：「祝你健康」⓭。

現在，我是不知道你啦（即便我正在學習透特之道，我是滿想認識你的，因為我喜歡知道所有的人事物），不過突然出現那個德文字，讓我很好奇。我停下手邊的工作，從一個安全的距離觀察那件外套。

過了一會兒，那個德文字消失了。外套不再顯示其他的東西，但我的透特直覺蠢蠢欲動。所以，以一種實驗精神，我吸進了更多的灰塵，小心翼翼地再度朝著那件外套打噴嚏。這次，出現了「保佑你」與「啊」（狒狒語，意思是「祝健康」），像霓虹燈般閃爍。以及，不知道是什麼奇怪的原因，也出現了風神蘇的象形文字。

我的心跳加速。毫無疑問，這不只是一件沾著烤肉醬汙漬的普通實驗室外套而已。我想到它的主人可能是誰，於是隨即試試看我的推

⓭德國人習慣在別人打噴嚏時說「gesundheit」，意即「祝你健康」。

論是否正確。

「把透特神的實驗室外套拿給我！」我命令專門找東西的薩布堤。那個薩布堤動起來，跳下它的支撐架，把我剛剛打了噴嚏在上面的外套丟給我。它的陶土手偷偷在陶土腿上抹了抹，才回到自己位子。

所以，我是對的，與我合作的埃及神化為人形時所穿的外套，就是我手上拿著的這一件。既然我是布魯克林之家唯一學習透特之道的人，我自然認為這是他送給我的禮物。我帶著敬意穿上它，扣上扣子。

事後看來，那不是個聰明的舉動。當時我還來不及扣緊最後一個鈕扣，「咻」的一聲，那件外套像舉辦嘉年華會時的里約街頭整個亮了起來，感覺像是它儲存了好幾個月的資訊，忍不住要傾洩而出。各種文字、象形文字、數字、符號，此起彼落發亮，輪番閃耀著紅色、橘色、藍色、綠色、金色、紫色、銀色光芒。我終於明白透特的眼睛為什麼像旋轉的萬花筒了。我自己的感覺是，這些東西是從我腦子飛散出來的，我縱身一躍，跳進這顏色絢爛的訊息之海。

不知怎麼地，我沒有失控，還游得挺開心的。但那些文字與符號開始出現得愈來愈快。它們像堆疊的浪一般衝向我，所有能想像與不能想像的，一個比一個更閃耀、更複雜，如洪水般覆蓋我所有感官。我無力抵抗，再也游不動，然後開始下沉。

我奮力地想脫掉外套，但鈕扣很難解開。我的心臟砰砰地快速跳動，呼吸也更急促。直到我完全無法呼吸。

突然間，有一個微小的聲音出現在我耳邊。「嘿，別這樣。放鬆一點，好嗎？要用感覺找到會讓你開心的地點，不是用頭腦思考，就像是尋寶一樣探索。」

我認不出那是誰在說話。不過當我聽到這段話時，我想起莎蒂告訴過我的一個故事：卡特曾幫她從鳶鳥（真的鳥，不是可以飛的玩具）變回人形，用的方法就是要她專心想著生命中重要的人事物**【卡特，你看，我有時候也會稱讚你的。——莎蒂】**。我緊閉雙眼，想著我最愛的總督島沙灘，一個與世隔絕的沙嘴海灘，就在我摯愛的里約附近。

「一望無際的海。」我低語，一邊將我說的詞句視覺化，以加強它們的力量。「海水沖刷著熾熱的沙。海浪激起水花……」

幾滴潮溼的水氣落在我臉上。我立即張開眼睛。嘴裡嘗到鹽味。是海鹽。我瞄一眼那件實驗室外套。上面除了我剛剛說出的文字，其餘一片空白。那些字呈現藍綠色，尖端有著白色的海水泡沫，撒出細細白白的粉狀物到地板上。

「Nossa（天啊）！」脫口而出的是我的母語葡萄牙文。這太酷了，除了弄得一團亂以外。這件外套不再湧現一團亂七八糟的字，謝天謝地，我解除危機了。隨後，所有還在冒泡的、閃光的字都消失了。我把外套掛上衣帽架，走出圖書館，想要找到自動抹布和掃把，來清理這一些小水窪與沙堆。

當我走到大廳房時，我看見卡特、華特和莎蒂聚集在透特雕像底下。他們很熱烈地在討論事情，所以我忍著沒告訴他們剛剛發生的事，轉而拿了打掃工具，回到圖書室收拾殘局。

但令我大惑不解的是，那些水窪消失了。不知道那些海水跑去哪兒了。如果你以為我對此不在意，那你真的不適合學習透特之道啊。

至於透特的外套，我把它藏在杜埃一個安全的地方。也許哪天我準備好了，就能運用如此巨大的魔法力量了。現在，我還是乖乖讀我的紙草卷吧。

我跑進這個圖書館女孩的腦袋裡東翻西找，希望能弄到關於透特書的一些線索，突然之間，她的大腦進入魔法超載的狀態。基於我可能需要這個資料庫運作正常，我小聲地在她耳邊給了點小建議，讓她從那個極糟的情況中脫身。

後來我發現，她對那本書根本一無所知。但這也不算是徹底的大失敗，因為她還是給了我一些我的咒語需要的材料。那我就先退下，不用送我囉。——薩特納

神測驗：妮特

莎蒂會告訴你，全世界我最沒資格批評別人的時尚品味……但是，拜託，妮特頭上戴的那兩片棕櫚樹葉是怎麼回事啊？

選擇題：

1.（　）妮特是哪一種女神？①狩獵　②織布　③蜜蜂　④以上皆是

2.（　）妮特最愛的武器是　①結繩網陷阱　②弓與箭　③時間操控術　④以上皆是。

3.（　）妮特著迷於什麼東西？①口袋 ②陰謀論 ③寶寶果汁軟糖 ④以上皆是

4.（　）如果你能保證做到下列哪件事，妮娜就會答應不傷害你？①發問時很有禮貌 ②給她你所有的口袋 ③玩剪刀、石頭、紙草時贏她 ④以上皆非

解答：

1. ④。她挺忙碌的。

2. ④。她滿擅長這些事的。

3. ④。她相當瘋狂。

4. ④。她很冷酷的。建議：避開她，除非你身邊有同伴，而且你們兩個身上都帶著「生」護身符。

瘋狂遊戲之夜

公告：布魯克林之家史上第一次「對月嚎叫」遊戲之夜

我們把大廳房變成大遊戲房啦！我們會玩祖先們玩過的遊戲，如果真正的規則已經沒人記得，我們就會制定自己的規則。我們也有布魯克林之家實習生所發明的原創遊戲。今晚保證好玩而且附贈驚喜好禮，教你如何不讓月神孔蘇偷走你的「仁」！所以，來跟我們一起對他嚎叫吧！點心免費供應！

施奈特棋：這個結合木棒、運氣與團隊合作的經典桌遊，在過去肯定非常受歡迎。理由是：在整個古埃及時代留下來的墓室與藝術創作中，都找到它的蹤跡。玩法要下賭注、擲木棒，然後按照S型的行進方向移動你的棋子。如果你的棋子比其他對手早一步「回家」，那你就贏了！對，賭注是必要的。在第二十一行省，我們會以特製的護身符來下注，感謝贊助者，我們的「燒」達人——華特．史東。

狗與胡狼：這款刺激的木樁棋戲桌遊，因為遊戲板上有五十八個洞，又被稱為「五十八個洞」。確切來說，兩邊各有二十九個洞。一方擁有五個狗頭雕刻的木樁，另一方則是五個胡狼頭造型的木樁。擲出點數五的人可以放一支木樁進洞裡。（我們是用骰子，但在古時候，可能用的是錢幣或是木棒。）目標是把自己的五根木樁都放上遊戲板，並祈禱都擲到高的點數，第一個讓五根木樁都走到終點的人就是贏家！

盤蛇圖：另一種桌遊，但還加了曲折變化——像蛇般蜷曲的樣子，就是那樣！遊戲板是用一大塊砂岩做的，圖案雕刻成一條被切斷的盤繞蛇。原本遊戲的棋子已經遺失，所以我們拿大富翁遊戲的棋子來替代。而因為規則沒有流傳下來，我們就發明新的玩法。首先，參賽的隊伍人數得要是偶數，一半的棋子從蛇頭開始玩起，另一半從蛇尾。由丟出的骰子點數來決定棋子前進的步數。如果雙方在途中遇上了，就要等到自己隊伍的棋子也趕上，一起合作用棋子數量「壓過」對手！比賽看哪一隊先讓全員在終點到齊，就是獲勝隊伍。

薩布堤碰碰車：每個人都以為希臘人和羅馬人最先使用雙輪戰車，但考古學的證據顯示，埃及人在幾個世紀之前就在用這種兩個輪子的好用工具了。這個競速比賽（比較像是混戰啦，其實）首先從打造戰車開始，材料可以是家裡常見的東西，像是衛生紙紙筒、冰棒棍、貓食空罐都能派上用場。第二步是捏製薩布堤！帶上你自己的蠟團（如果你帶得不夠，現場也有準備一些），捏出一匹馬與一名駕駛。首先完成繞行托特雕像三圈的戰車，就是冠軍。比賽允許撞車，因為那更好玩！好啦，這是對觀眾來說嘛，不確定薩布堤會覺得如何。

滾糞球比賽：就像你聽到的每一個字那樣，很噁心！上了發條的聖甲蟲在迷你跑道上，推著從埃及直接進口來的糞球。勝者全拿！（我們試過用真的聖甲蟲，但牠們一路從埃及來到這裡，狀況不大妙。）

神測驗：孔蘇

我討厭新月。那讓我覺得孔蘇又背著我不知道在動什麼壞腦筋。

選擇字詞清單中的字或詞，填入下列空白處，完成這五個句子。（注意：不是每個字都會用上！）

字詞清單：施奈特棋、月亮、銀色、惡靈日、雲、眉月、仁、努特、五、白馬王子、河流、假期、賭博、舒特、七、太陽、欺騙、阿庇斯聖牛、時間、泰夫奴特、太陽圓盤

1. 孔蘇是______之神。他的眼睛是______，而他配戴的護身符是______形狀。

2. 他有次和______玩______，所以她贏得額外天數可以生產。

3. 她贏了並獲得______天。這幾天被稱為______。

4. 孔蘇樂於用______的方式拿到你的______。

5. 他覺得他是______，但我認為他是______的後腿臀。

解答：

1. 月亮、銀色、眉月。

2. 努特、施奈特棋。

3. 五、惡靈日。

4. 賭博（我們也可以接受「欺騙」）、仁。

5. 白馬王子、阿庇斯聖牛。

古怪的公布欄

埃及魔法使用文字來傳達神的力量，所以你必須要很小心自己所說的話或寫的字。通常在布魯克林之家的我們都是頂尖好手。不過不知為何，這張紙繞過我們，直接出現在訓練室的公布欄上。我們也都簽名了，這意味著我們都讀過了。然而，我們沒有一個人注意到這個問題。

箭靶練習報名表

地點：訓練室

時間：週一晚上七點整

1. 潔絲　2. 尚恩　3. 卡特　4. 列歐尼德　5. 莎蒂　6. 華特
7. 朱利安　8. 艾莉莎　9. 姬亞　10. 雪比　11. 克麗約

如果你也看不出哪裡有問題，問問你自己，到底「箭靶練習」，是什麼意思？是要射箭還是拋彈丸？還是你是要練習「成為箭靶」？

老實說，文字很麻煩的，不過更麻煩的是，我們無法百分之百確定一開始是誰貼了這張簽名傳單。妮特是最可能會用箭靶來愚弄我們的女神，但這裡沒有人學習妮特之道。我所提供來當監控員的糰小子說，那個時間沒有人出現在練習室。所以，這還是個謎。不過別擔心，我們會找出是誰幹的，就算這意味著要跟我爸借一下真理羽毛。

啊，好吧。我原本想要一口氣抓到所有的人，一次全部消滅掉，看來這計畫失敗了。不過，嘿，值得一弒嘛！有聽懂嗎？「一弒」？我敢說，有人正在記錄我說的這個梗。——薩特納

神測驗：普塔

我再也無法跟莎蒂玩拼字比賽了。自從她在巴哈利亞的地下墓室遇見創造之神普塔後，她就不停捏造新字，然後假冒是普塔的創作。上次，也是最後一次，我們玩拼字遊戲時，她堅持：「你之所以不同意『噗浪貢』真的是一個詞，只是因為那樣我可以拿到三分！」

是非題：

1.（　）普塔細細的鬍子讓他看起來很潮。

2.（　）普塔可以同時為每個人打開通道。

3.（　）普塔的象形文字符號是一口口水。

4.（　）普塔最愛的詛咒是「變成老鼠！」。

5.（　）身為創作之神，普拉彈一個響指就可以變出新東西。

解答：

1. ○正確。不是每個神都有辦法駕馭像鉛筆一樣細的下巴鬍鬚，但他辦到了。
2. × 錯誤。一次只能服務一位來賓。
3. × 錯誤。他的符號是瓦思，意思是力量。而且他的名字聽起來不像是會吐口水的人。
4. ○嗯，也許正確。他廣為人知的事蹟之一就是派出一群老鼠，到處瘋狂亂咬亂抓。
5. × 錯誤。他創造的方式是說話，然後說出的話變成東西。不然你覺得香蕉或火鶴是怎麼出現的？

藍色大神

文／菲力斯・菲利普

沒人相信有冰之神。但你猜怎麼樣？我剛發現尼羅河曾經結凍兩次，一次在公元八二九年，另一次是公元一〇一〇年。所以，在遠古時代可能發生過更多次，對吧？而且，如果尼羅河「會」結凍，那很明顯的，一定是有一個神對它做了什麼事，因為所有重要的自然現象都與神相關：洪水、地震、死亡、陽光、會把大便滾成球的蟲。這意味著，埃及「很可能」有一位冰之神！

我知道你會想：「但是菲力斯，沒有人聽過埃及冰之神啊！」當然，是沒有任何證據可以證明我的冰神，但他仍然可能存在著。這世上有「超級多」的神沒人記得或者根本默默無名。例如，你知道埃及海神的名字嗎？我也不知道，但我敢打賭一定有這個神，因為埃及可是猛然地撞進地中海和紅海裡的耶。

以及，都還沒講到那一群藍皮膚的神呢。藍色代表天空和水，對吧？但想想看如果你變得超級超級冷的時候，會發生什麼事。你的嘴唇和皮膚會轉成藍色！所以也許藍色也代表冰，而那些藍色大神其中一個就是我的冰神。

如果真是如此，冰之力量不會只是他「唯一」的神力。埃及沒有那麼凍寒的天氣，他可能會無所事事。而有許多神都擁有一種以上的能力（喪禮與死亡、魔法與母性），所以另一方面來說，我的藍色大神也可以創造其他的冷凍物品，像是冰淇淋和甜筒。

這讓我想到普塔。他是藍色的。他有點被遺忘了，隱身在荷魯斯、艾西絲、拉與其他赫赫有名的大神背後。然後，想像一下：他可以隨意說幾個字就創造出東西來。所以搞不好有一天他剛好喃喃自語，說了「冰」（或「雪」、「雪泥」、「冰雹」或其他什麼的），然後，

「卡蹦」！尼羅河立即結冰，然後古埃及人就在金字塔旁蓋起了雪屋。

所以，我已經決定要跟隨普塔，與他合一。我可能最後會發現他並不是我的冰神，但從我現在坐在沙發上，四周圍繞著我的企鵝們的角度來看，他的可能性最大。

我不認識什麼冰之神。但海之神？對，你可以說我認識那傢伙。

——薩特納

神測驗：阿波非斯

有一天莎蒂開玩笑說，我們應該把迷死人的蛇排進課程裡。我知道她亂講的，但我還真的認真考慮了一下。誰知道呢？如果阿波非斯真的從無底深淵升起出現，也許我們有辦法用催眠制服牠。總比讓牠炸個粉碎，噴得到處都是來的好。

問答題：

你能想像如果混沌之蛇對巴絲特（貓女神）過敏嗎？

我的天！混沌之蛇與拉的貓科冠軍進行千年對戰時，牠一直都在打噴嚏？太讚了！雙眼又癢又流淚，還沒有手可以揉眼睛！如果尾巴被瑪特雕像壓住的痛苦還不夠讓牠發狂的話，那害牠很難呼吸的鼻塞也會讓牠瘋掉吧。而且，還有喉嚨癢也很要命，因為牠整個身體基本上就是個長喉嚨啊。

所以，這題的答案是……是的，我可以想像得出來。

如果你想知道這本書裡會不會有阿波非斯的故事，答案是沒有。關於那隻蛇的事情，說得愈少，愈好。

古埃及動物神

神測驗：動物神

我有天看到雪比在玩她的玩具。說是「玩」玩具，我的意思其實是她把塑膠動物玩具的頭拔起來，裝到沒有頭的洋娃娃身上（我不敢問她洋娃娃的頭到哪兒去了）。我懷疑，是否這就是動物之神被創造出來的方法？難怪他們通常脾氣很古怪。

配對題：找出右頁下方圖中八位動物之神所對應的真實動物、角色、著名特徵。

解答：

索貝克：鱷魚、拉的保鏢、溼潤且分泌物多的眼睛

瑟克特：蠍子、賽特的跟隨者、蜘蛛狀的身體

薛克梅特：母獅、毀滅者、充血的眼睛

奈赫貝特：禿鷹、專吃弱者的食腐者、油膩的黑羽毛

瓦德捷特：眼鏡蛇、下埃及的保護者、分岔的舌頭

托爾特：犀牛、照顧者、圓肚子（不是懷孕了）

巴比：狒狒、賽特的打手、全身長著銀色的毛

巴絲特：貓、拉之眼、靈活健美

動物神之歌

文／托爾特

和貝斯一樣，托爾特是另一位被允許可以跟我們接觸的神，因為，是這樣的，她是你夢寐以求能遇上的、最貼心也是最照顧人的河馬，而她值得獲得任何她想要的東西。對了，最後那一句是貝斯說的，不是我。——莎蒂

埃及在全盛期時，我經常會在尼羅河裡打滾玩耍，聽著第一行省的小生徒們唱這首兒歌。聽起來很呆，但這首歌也真的幫了這群可愛的孩子記住河裡的動物們（這些動物大部分不呆，還滿凶狠的），以及

動物神名稱。孩子們不但邊唱邊搭配動作，還把每種動物的叫聲都編進去。最棒的部份是輕巧愉快的叉鈴（一種古埃及波浪鼓）與鼓聲。每次聽到「叮噹—叮噹、咚—咚—咚」，我就忍不住搖起屁股來。不過，奈弗絲都會阻止我，她說我盪起的水浪太強，會害她的河移位。

那時，他們一唱就是好幾個小時，因為我們有太多動物之神要唱了。現在，生徒只要唱八個就夠了。想到有那麼多歷史悠久的神就這樣被遺忘了，真是傷透我的心。我想，如果住在陽光田野的赫凱特、更更窩、梅克赫特，以及其他親愛的眾神，能聽到孩子唱著他們的名字，該會有多開心……好吧，也許有天會的。

姬亞住在第一行省時，有學過這首八隻動物的兒歌。她教會了布魯克林之家這些小毛頭們。但她拒絕邊唱邊做動作。我問過她，是否動作結合歌聲和音樂會完整地成為一個危險的魔法詛咒。結果不是，

其實是因為那樣看起來太丟臉了——當卡特在自己的房間練習時，我抓到他又唱又跳，他被發現時那表情超窘的。——莎蒂

（兩手往前伸直，掌心上下相疊；手臂動作像鱷魚大口吃東西般打開闔上）

尼羅河深深，小心大鱷魚

索貝克（咬—咬），索貝克（咬）

（踮著腳趾，緩慢向前走，手臂上下滑動像狗兒划水）

大河馬漂漂，動動腳趾頭

托爾特（嘩—嘩），托爾特（嘩）

（露出牙齒，一邊吼叫一邊轉動頭部）

母獅子壯壯，岸邊大聲叫

薛克梅特（吼──吼），薛克梅特（吼）
（改在屁股上輕輕打拍子，請打自己的屁股，同時學狒狒叫聲）
屁股紅通通，狒狒唱支歌
巴比（啊──啊），巴比（啊）
（大家圍成圈圈，做出又抓又咬的動作，也可以有一個小朋友在中
間扮演「被啄者」）
如果死翹翹，禿鷹就飛來
奈赫貝特（抓──抓），奈赫貝特（抓）
（右手五根手指前兩節彎曲，放在嘴巴前，一邊發出嘶聲，一邊手
做出咬人的動作）
眼鏡蛇親親，毒牙馬上咬

瓦德捷特（嘶—嘶），瓦德捷特（嘶）

（把一隻手臂高舉過頭，用大拇指與中指比出英文字母「C」，然後上下擺動）

毒蠍子螫螫，大家都掰掰

瑟克特（刺—刺），瑟克特（刺）

（擺動屁股，抖來抖去）

貓咪呼嚕嚕，神奇大救兵！

巴絲特（喵—喵），巴絲特（喵）

被療癒的治療師

文／潔絲

使用魔法的人應該要被警告：「請注意，魔法可能對你的健康有害。副作用包含頭暈、極度疲憊以及昏厥。長時間暴露在魔法中會導致自主燃燒，以及出現對無限力量上癮的症狀。」這還只是目前我們所知道的部分而已。

在知道了魔法可能的危險性後，你可能會以為我一定有忙不完的病人，需要我的「蘇努」療癒力吧。不過，在我們打贏混沌之後，我的工作量變得很輕。那實在令人沮喪，因為我需要新的病例才能拓展知識。所以我就出手了。

別誤會，我沒有到處散播病痛，或讓布魯克林之家的人感染奇怪的魔法病。真的沒有！我是用在自己身上。

我一開始先牛刀小試。讓自己被紙草割傷、一小塊皮膚脫屑（像爬蟲類脫皮一樣）、全身到處佈滿紫橘色的疹子。這些只要用ＯＫ繃、紓緩油膏、軟膏就能輕鬆解決。所以我試了更有挑戰性的麻煩症狀，得要用咒語和魔法藥物才行，例如，讓我的鼻中隔一下彎曲、一下正常，或在不該有毛髮的地方長出毛髮，然後再修剪掉（貝斯問過我，如何做到這種痛苦折磨，而不是問我要怎麼解決），還有把肚臍翻過來（內凹變外凸，或者相反）。同樣的，試驗結果非常好，沒有副作用。

一切都很順利……好啦，我承認。我過度自信了。那就是，我用了魔法讓自己惹上一個很不尋常的麻煩——舌扭。感覺只有一點不舒服，也不會太痛。唯一已知的解除咒語無比複雜，而且必須一字不差地念誦出來。我是唯一一個有能力可以說那個咒語的治療師。問題是，我給自己施了舌扭術，就像它字面上的意思，舌頭打結了。總而言之，我失去清楚說話的能力了。

我快瘋了，抓著咒語跑去找莎蒂。她雖然不是治療師，但是我知道她最擅長念咒語。如果她能稍微鬆開我的舌頭，其他的我自己就能處理。

後來我在大廳房的透特雕像旁，看到她和卡特、華特在聊天。

「棒—棒我！」我喊著。「棒—棒我！」

「也祝你『棒—棒我』，潔絲。」莎蒂有禮貌地回應我。

「那是你以前納許維爾啦啦隊的隊呼還是什麼啊？」華特納悶著。

莎蒂聳聳肩。「我哪知道？我從不是激勵別人的啦啦隊。我是被啦啦隊激勵的人。」

「或者是被噓的人。」卡特補上一槍。

「莎—滴，」我沮喪地咆哮：「快顛啦！」

華特警覺到事情不對勁，他睜大眼睛。「我的拉，他是不是想透露什麼啊？」

「哈—哈—哈—哈摟！」

「哇喔，冷靜一點，潔絲，」莎蒂說，一邊做出防衛的姿勢，「沒有必要氣到臉紅脖子粗的！」

我的手在脖子旁揮舞著。他們看了一眼我的頸間，然後交換了憂慮的眼神。「啊喔，薛克梅特的力量出現了，」華特咕噥著：「我們得要查出這是怎麼回事，立刻馬上。」

他們的擔憂變成了害怕，這是有原因的。薛克梅特被稱為毀滅者可不是浪得虛名。如果我正在傳送他那部分的魔法的話……

我吼叫著，或者說我試著這麼做，那聲音聽起來很高亢。「咿咿咿——波勒波勒波勒！」

「潔絲！」莎蒂恐懼地喊出來：「你的舌頭！都打結了！這就是為什麼你不能正常說話嗎？」

我用力地點頭。

「是誰做的？」卡特嚴厲地問。

我羞愧地低著頭，用手指著自己的胸口。

莎蒂看起來很沮喪。「她的上衣。是她的上衣幹的好事。」

「不是，」華特反駁，「我想是她自己做的。而她無法解決，因為她必須說出一個咒語，對嗎？」

我又點頭，然後把咒語遞給莎蒂，用眼神懇求她。她看著那張紙草，吹了聲口哨。「這是個舌咒語。如果我唸錯，就算只有一個字，事情都會變更糟。也許你應該忍耐一下，等這個詛咒失效比較好？」

我眨了眨眼，留下淚來，搖搖頭。

莎蒂做了一個深呼吸。「好吧。我試試。讓我……」

她話還沒說完，古夫插手了。他一直都待在透特雕像頭上觀察這一切。現在他跳下來，從莎蒂手上搶走紙卷，然後塞進自己的嘴巴。

「古夫！不！」莎蒂大叫：「壞狒狒！不乖！」

古夫翻了白眼，吐出紙草，跳起來，把它塞到「我的」嘴巴裡。

如果你有機會嘗到被狒狒口水浸溼的紙草的話……不要試。我開始乾嘔，想把它吐出來，但古夫用他的手掌封住我的嘴。這樣一來，只有一個辦法能處理我口中那團令人很不舒服的東西了：嚼一嚼然後吞下去。所以，我就這麼做了。

古夫發出滿意的悶哼一聲，移開他的手，然後跳躍著跑走。

「啊，好噁心！」我大叫：「拜託拿一下牙刷給我！」

古夫的方法成功了！

華特、卡特和莎蒂先是瞪著我看，然後開始大笑。「記得提醒我，以後我不用花力氣背咒語了，」莎蒂說：「看來我只要把它們吃進去就好啦。」

「我才不要，」我說：「現在，請各位容許我離開……有一瓶寫著我名字的漱口水，放在這房子某個地方，我要去把它找出來。」

神測驗：巴絲特

文／莎蒂．凱恩

有一次，我犯了一個錯誤，我對巴絲特說，真希望我小時候能夠養一隻狗。她聽了之後，只是瞪著我。俗話說「眼神可以殺死人」，我現在懂了。——莎蒂選擇題：

1.（ ）巴絲特有次愛上誰？①阿波非斯 ②貝斯 ③拉 ④以上皆非

2.（ ）巴絲特把武器藏在哪裡？①袖子 ②蓬鬆的頭髮 ③護身符 ④敵人的身體

3.（ ）巴絲特害怕的是①什麼都不怕 ②托爾特 ③荷魯斯 ④毛線。

4.（ ）巴絲特在布魯克林之家教哪兩堂課？①注意力爭取法：流淚和慘叫 ②怒瞪和「吐出毛球，你可以的」③打瞌睡和理毛進階課 ④初學者的紙箱窩坐法和「我帶死老鼠給你」

5.（ ）巴絲特另外一個稱號是什麼？①駱駝之屁 ②拉之眼 ③撕碎之爪 ④貓食罐罐

解答：

1. ④貓女神不會愛上任何人。然而，她容許別人愛她，同時明顯地忽視他們。

2. ①這裡說的武器，指的是她手腕一甩所亮出的一手利刃。順便一提，她蓬鬆的毛髮是因為炸毛了，可能是有什麼東西嚇到她。當她受到驚嚇，就會甩手亮刀，記得要避開！她脖子上繫著一個護身符，不過那沒什麼危險性（至少我認為不會）。如果把題目中的「藏」改成「刺」、「捅」或「埋」，那麼答案就會是④。

3. ②托爾特平常是一個溫柔的大巨人，除非她心愛的貝斯受到任何形式的傷害。自從有一次巴絲特玩弄貝斯的善意，就像……嗯，就像貓對待老鼠那樣，她就知道不要招惹托爾特。至於其他人，我打賭她敢單挑荷魯斯，而我見過她面對一團羊毛線時，就會變得超有彈性。

4. ③我必須找卡特談談，「以慘叫吸引注意力」和「怒瞪」這兩門課都應該加進我們的課程裡。我一定會教得超好。

5. ②貓會放屁嗎？我知道他們會撕裂東西，如果打開貓罐頭，他們還會東找西找！不過，當然，答案是拉之眼。巴絲特是拉的王牌，她與混沌之蛇阿波非斯在無底深淵的深處，大戰好幾千年呢。

瑪芬的救援

文／莎蒂．凱恩

我們從混沌勢力中把世界拯救回來不久後，我收到了外公和外婆寄來的包裹。裡頭有我當初留在倫敦的一堆雜物，以及一盒外婆拿手的炭燒焦奶油小圓餅（或者你們美國人說的「餅乾」），還有一張紙條寫著：

親愛的莎蒂：

聽說那個笨狒狒神和瘋禿鷹女神回去他們的杜埃了。謝天謝地，總算擺脫他們了。他們竟然以為你外婆和我是會親切招待的好主人，真是莫名其妙。他們搞得一團亂，還花了我們好幾個星期才打掃乾淨，而生命之屋當然完全沒派幫手來。該死的魔法師，當你需要他們時，他們不見人影，只會在有求於你的時候才出現。

你的外婆說小圓餅乾盒子要記得還給她。

外公

這封他們寫給獨生孫女的信，真是充滿感情、溫暖滿溢啊。不過，他們古怪的風格就是這麼棒。我滿愛他們的，而且我知道他們也愛我。

讀完紙條後，我把小圓餅乾拿去招待最近的一個垃圾桶，然後開始翻看箱子裡還有什麼東西。在一堆零零碎碎小東西裡面，有一個舊式錄音帶。卡特和我曾用錄音帶錄下一些話（也許你已經讀過手抄本了？），但這個錄音帶不是。出於好奇，我把它放進我的老錄音機，按下播放鍵。

「嗯喵。」

聽到瑪芬獨有的叫聲，我下巴都要掉了，因為，老實說，在我養她的這六年裡，從沒想過牠會用錄音機。喔，還是說她其實是貓女神巴絲特啊。但真的，會用錄音機這件事把我嚇壞了。

我很想說這錄音內容讓我大為震驚，但那不過就是一連串的喵喵叫和呼嚕聲，加上一段吐毛球的不幸意外，在錄音帶裡聽起來跟人類嘔吐一樣的噁心。我不會說貓語言，但我記得阿摩司叔叔在跟我們的俄羅斯朋友列歐尼德溝通前，他用了一個魔法字。我想，那值得試試看，於是對著錄音帶，我小聲說了：「梅德—瓦」，意思是「說話」。

突然之間，巴絲特的聲音充滿整個房間。雖然夾雜著其他聲音，但主要還是巴絲特。聽到她說話，我驚訝得有點嗆到。不過我聽著聽著，微笑了起來，因為……這就是巴絲特會做的事啊。

此時我意識到，這份錄音對實習生來說是個寶藏，他們可以透過這個內容學習如何與貓女神結合。於是我喚醒糰小子（就是我爸魔法袋裡那個壞脾氣薩布提），要他把錄音內容記錄在草紙上。我將它取名叫《成為瑪芬之書》，嗯，讀完下列重點摘要，你就知道為什麼了。

摘錄自《成為瑪芬之書》

交通篇

朱利斯，我永遠欠你和露比一個大人情，謝謝兩位把我從無底深淵那個監獄裡釋放出來。但如果你們又把我塞進地獄般的外出籠，我會由下往上抓傷你正面全身，然後換到你背面，由上往下抓好抓滿。

打瞌睡篇

打從我自一座古埃及方尖碑蹦出，然後降落到這隻橘色虎斑貓體內，至今也才一個月。不過在這短短的一段時間內，我已經非常精通打瞌睡的技術。

撕爛篇

瑪芬：哈—哈！受死吧，你這個受詛咒的花朵狀裝飾品！

外公：啊！下來，你這隻貓！

海鮮口味貓罐頭篇

（莎蒂開貓罐頭的聲音）

莎蒂：來吃飯吧，瑪芬。

（一陣靜默）

莎蒂：來呀，吃飯。是雞肉口味的。你喜歡雞肉。

（一陣靜默）

莎蒂：你現在突然不喜歡雞肉了。好吧，我才不會給你別的口味。

（一陣靜默）

莎蒂：你繼續瞪著它好了。我不會讓步的。

（一陣靜默）

莎蒂：好吧。

（莎蒂打開第二罐貓罐頭的聲音）

瑪芬：每次都成功。

危險威脅篇

我的首要任務是保護我的小貓莎蒂。每個房間都危機四伏。到目前為止，我已經成功解決客廳的棕色紙袋，只需要潛進去、跟它扭打、倒退離開，重複幾次就好了。在廚房，我征服了一團錫箔紙球，對付它的方法是忽視它整整一分鐘，然後跳到它身上。現在那團東西已經去了冰箱底下的無底深淵。任何東西去到那裡都不會再出現了。我也翻倒過一杯企圖躲在料理檯上的茶，然後外公隨即加入，接手完成任務，把剩下的解決乾淨，以免它又重新整裝，再度反擊。

只有一個敵人我始終拿它沒辦法。就是在莎蒂房間出現的神祕紅點，我不知道它從哪裡冒出來，到處跑來跑去，沒有任何規律性。好幾次我撲向它，都被它逃過，然後就消失不見。這次你逃得了，但給我小心點，紅點……我不會再失手了。

我記得這件事。那個紅點是從麗茲的雷射筆發出的光啦。我們一直拿它在房間裡到處亂比亂閃，感覺滿壞的，但……埃及眾神啊，看著瑪芬追著它跑，真的快笑死我們了。

陪伴莎蒂篇

我：瑪芬，為什麼你總要睡在我頭上？

瑪芬：如果我不這樣睡，你的靈魂就會飛走。

她有可能是對的，老實說。每一次我睡在麗茲或艾瑪房間，我都會做惡夢，夢到我飛來飛去。我現在懂了，那是我的靈魂離開了我的身體。只要瑪芬蜷睡在我頭上，我從不會有這種惡夢。

我：瑪芬，我在練習跳舞的動作，你有必要這樣盯著我看嗎？

瑪芬：跳舞？我以為是惡魔附身在你身上。

我不知道她是什麼意思。我的舞步完美得很。

我：瑪芬，你覺得爸爸和卡特有沒有想念過我？

不知為何，這一段瑪芬發出的輕柔喵叫聲與溫和呼嚕聲，「梅德—瓦」咒語並沒有翻譯出來。也許，因為這些聲音本身就是答案了吧。

重生大計

文／薩特納

很好，到目前為止都非常有趣啊，各位。不過，我得離開了。是這樣的，今晚就是那個重要時刻，我要跟我的鬼魂身分說再見，從此過著幸福快樂的神之生活。噢，對，你沒聽錯。當你還忙著讀這本書的時候，我已經收集到所有我需要的東西，準備好進行一場精采絕倫的大變身。一艘載我渡過夜之河的船，並由杜埃召來的幽靈船長所駕駛？有了。從卡特的置物櫃偷來、象徵重生的結德護身符？有了。召喚遙遠海島的浪花所變出的海水？也有了。

喔，對了，這個叫戈偉納多的島有個太令人開心的巧合，我一直忍著沒說。那個名稱的意思是總督島[14]，我的朋友啊，跟雪球監獄裡我住的塑膠世界是一模一樣的名字。名字有強大的力量，不是嗎？所以，我會帶著一點同情心，施展令人目眩神迷的魔法，利用那顆受詛咒的雪球拿下那座島。但我不會毀掉總督島。不，不會。那座島將成為我的綠洲，我掌握力量的總部，監控我那迅速擴張的勢力版圖。

你可能會問說：「可是薩特納，這些怎麼可能做到？」當然，還有《透特書》。是的，我找遍所有愚蠢的地方，最後終於找到了，它就墊在把我暫時關住的雪球監獄底下。但它現在屬於我了。它的祕密是我的，它的魔法也是我的，還有轉化的終極咒語，也是我的啦。

所以今晚，我將和老朋友血跡刀會合。我們將航向夜之河。在抵達旅程的終點前，我會拿出《透特書》，然後開始唱頌咒語。當光線剛好正確時（就是黎明前那道紫灰色陰影），我會把結德護身符丟進海

⓮ 總督島（Ilha do Governador），或稱戈偉納多島，位於巴西，是里約熱內盧瓜納巴拉灣最大的島嶼。

裡。繼續一小段唱頌後，水會變成變成具有魔法的藍綠色。然後，當我的船迎向太陽神拉的第一道曙光時，就可以把水倒在我自己頭上。

猜猜接下來會發生什麼事？喔，你永遠也猜不到的，所以讓我來告訴你吧。

我會重生成為烏阿特—烏爾⑮，也就是「偉大的藍綠」，他長久以來失去蹤跡、被眾人遺忘，他就是經常被低估的埃及海神！同時，還有一個超讚的額外獎勵：我也會轉化成生育女神。這可是個「一石二神」的千年永生不死交易啊！有了他的力量，我將掌管所有的海洋；而藉由她的力量，我將使世界再度繁榮起來。

因此，好好準備吧。明天早上，這世上會出現一個嶄新的神。那就是我。

---

⑮烏阿特—烏爾（Wadj-wer），古埃及海神，又被稱為「偉大的藍綠」，也就是「海洋」之意，他的象徵經常出現在古埃及人的安全護身符與墓室雕刻中。

計中計

文／華特・史東、阿努比斯

是的，薩特納所列出的每一件事都沒有發生。卡特、姬亞、莎蒂和我，從頭到尾都在留意他。讓我解釋一下。

薩特納是個很狡猾的傢伙，所以我們知道他總有一天會從雪球裡逃出來，也知道如果在毫無防備下發生的話，會很糟糕。所以我們故意敲破他的監獄大門，主導他的脫逃時機點。【當薩特納以為我念錯我的解鎖一打開咒語時，我覺得有點被冒犯到。好像我真會是那樣的粗心大意！——莎蒂】

他一逃出來，我馬上追蹤他的一舉一動。身為死神，我可以看見鬼魂，即便他們隱形起來。不管薩特納是忘了這件事，還是大大低估了華特的死亡魔法，他總是很自在地到處遊走，好像他是布魯克林之家的主人一樣。暗門、儲物櫃、籃球場、圖書室、一些臥室，他都一一仔細檢查。【噢，老天，告訴我他沒有去我房間！噁心，噁心，噁心極了啦！——莎蒂】

他也跑到校園好幾次。從方尖碑回來時，他還因為獲得力量而全身顫抖，幸好他在鑽研克麗約的大腦時，就把大部分能量用光了。【嗯嗯，不確定克麗約有沒有覺得幸運啦。她之後頭痛了好多天。——莎蒂】他到杜埃去找血跡刀時，我差點跟丟他。不過，他回來了，毫無疑問地，他認為《透特書》還在布魯克林之家某個地方。

薩特納這麼想是正確的，而那本書的確也藏在很明顯的地方。但他找錯地方了。他的雪球底下壓著的那本叫《人行道的歷史》，是跟卡特一個在紐約長島的朋友借的，把它藏在耀眼的雪球下，看起來就像《透特書》。真正的《透特書》則在撰寫它的作者手上。如果你想看一眼，瞧瞧透特雕像手上的紙草卷。不過，要看就快，我們即將要把它放到更安全的地方啦。

說到安全地點……還記得那個暗門被封起來的神祕石室墳墓嗎？嗯，作為阿努比斯宿主的好處之一，是可以無限次免費造訪死亡之地。所以我跑到那個墓室，確認一下沒有藏著什麼壞東西（檢查過了，沒有），然後做了一件讓我女朋友驚豔的事：我把那道暗門的鎖從裡面轉到外面了。

你們最近可不要跑去參觀石室墳墓啊，那裡現在在鬧鬼——有一個新鬼叫薩特納。除了有多道封鎖咒語外，還加上了雙層哈托爾七絲帶（這要歸功於姬亞和雪比，這個小鬼頭的力量還真的很嚇人），應該可以把這個「甩不掉的黏人精」（莎蒂都這樣叫他）固定住一段時間，直到俄塞里斯來召喚他受審了。

如果薩特納抱怨他的房間，我會幫他換一間新的。之前在外公和外婆寄給我的那箱垃圾裡，我是有看到一個音樂雪球。那應該滿適合的——尤其是因為它播放的那首《小雞跳舞》（我個人覺得那是有史以來最惹人厭的歌了），會一次又一次的重複唷。——莎蒂

最後的最後關鍵字

啊！

翻譯：你已經來到本書的終點了。為什麼你還在讀？把書闔上，出去打個籃球，好嗎？——古夫

魔法師簡介（依照出場順序）

古夫：技術上來說，因為他不是人類，所以不算是魔法師，但身為住在布魯克林之家的狒狒，他還是會一點魔法的，像是打開郵件、治療、與神和動物交流。他擁有一身金黃色的毛髮，色彩鮮豔的臀部，穿著洛杉磯湖人隊運動服上衣。

卡特．凱恩：凱恩家的哥哥，擁有一頭又黑又卷的頭髮，與黑棕色的眼睛。他曾是荷魯斯的宿主，現在在學習荷魯斯之道，專長是戰鬥魔法。他曾被加冕成為埃及法老，但選擇成為指導魔法師實習生的老師，而不是魔法師的管理者。

莎蒂．凱恩：凱恩兄妹中的妹妹。艾西絲女神的前任宿主，藍眼金髮，其中有一撮染成彩色。她是一位力量強大的魔法師，能夠施咒和開啟通道。她正在學習艾西絲之道。

朱利斯・凱恩／俄塞里斯：卡特與莎蒂的父親、露比的丈夫，也是阿摩司的哥哥。他犧牲自己成為俄塞里斯的宿主。當他是朱利斯的時候，肌肉健美，光頭，蓄著山羊鬍，有著巧克力色膚色和棕色眼睛，一身剪裁俐落的西裝。而化身為俄塞里斯時，膚色是藍色，但依然健美，身穿冥界之王所擁有的傳統埃及亞麻短裙，戴著成串項鍊與珠寶。

露比・凱恩：莎蒂和卡特的母親、朱利斯的妻子，浮士德家的女兒，是一位非常厲害的占卜師，跟莎蒂一樣金髮藍眼。當她從無底深淵救出被監禁的貓女神巴絲特時，不幸喪命。她穿著牛仔褲和印有「安卡」符號的T恤。

姬亞・拉席德：威力強大的火之魔法師，她曾擔任過拉和奈弗絲這兩位神的宿主。她擁有一頭又長又黑的頭髮，襯著中東血統的橄欖色臉龐、深邃黑眼睛和飽滿的唇型。她正在學習拉之道。

華特・史東／阿努比斯：華特死於圖坦卡蒙王的死亡詛咒，但因為成為阿努比斯的宿主而獲得重生。當他是華特時，外表帥氣挺拔，理光頭，擁有牛奶巧克力色的肌膚，常常一副運動員的打扮。當他是阿努比斯時，有著溫暖的棕色眼睛，皮膚蒼白，一頭蓬亂的黑髮，打扮不是T恤和牛仔褲搭配摩托車騎士外套，就是傳統埃及短裙，配上紅寶石項鍊。他有時以阿努比斯的胡狼頭現身。華特／阿努比斯是最頂尖的死亡魔法師和技術很好的「燒」（飾品工匠）。

薩特納：古埃及法老拉美西斯二世的兒子，是一個邪惡、喜歡操弄別人的魔法師。當他還活著的時候就常惹麻煩，現在他變成鬼魂就更壞了。他又矮又瘦，一頭油膩膩的黑髮，有著鷹勾鼻、薄嘴唇和黑眼睛。喜歡穿緊身牛仔褲、T恤、墊肩外套，戴一堆純金珠寶。另一個稱號是凱姆瓦薩特王子。

阿摩司・凱恩：莎蒂和卡特的叔叔、朱利斯的弟弟、賽特的前任宿主，現任生命之屋的大儀式祭司。他擁有寬闊的胸膛，皮膚黝黑，一頭黑髮編成貼頭玉米辮，中間鑲著珠寶。他戴著圓眼鏡，總是穿著時髦的條紋西裝和大儀式祭司的傳統豹皮披風。他正在學習賽特之道。

糰小子：並不是魔法師，而是一個「薩布提」，原本屬於朱利斯．凱恩，現歸屬於莎蒂和卡特。

血跡刀：頭部是雙刃斧頭的惡魔。他被魔法束縛必須服務凱恩家族，工作是擔任埃及女王號的船長。

來自俄羅斯聖彼得堡的列歐尼德：出生於俄羅斯的青少年魔法師，有一對巨大的耳朵。他的英文不大好，身穿一套破爛的軍服。他正在學習風神蘇之道。

騷動使：藍皮膚、古典長相的冥界小神，是俄塞里斯的助手。

弗拉迪米爾．緬什科夫：一個邪惡的魔法師，一口策劃把阿波非斯從牢裡釋放出來，然後成為這隻混沌巨蛇的宿主。現在已經死了，他以前會穿白色西裝、戴白框太陽眼鏡保護眼睛。他曾因為咒語失效的反作用力而炸到自己的臉，造成雙眼受傷。

來自巴西里約熱內盧的克麗約：布魯克林之家的棕髮圖書室魔法師，能流利使用多國語言，同時是一個很重要的研究員。她正在學習透特之道。

菲力斯．菲利普：熱愛企鵝的少年魔法師，希望能夠找出埃及冰之神。目前正在學習工藝與創造之神普塔之道。

雪比：布魯克林之家最年輕的住戶，雖然只是幼稚園年紀（又被稱為「咬人腳踝小毛頭」），卻擁有令人震驚的魔法力量。

來自田納西納許維爾的潔絲：金髮青少年魔法師，曾是啦啦隊成員。她是布魯克林之家技術優越的「蘇努」，也就是治療師，正在學習女戰神薛克梅特之道。

象形文字與咒語

朱魯瓦：界線

費特：通過

布可斯曳

哈—迪：毀壞

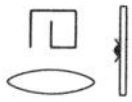
黑里：寧靜

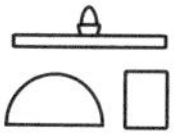
哈—泰波：安靜下來

哈—威：攻擊

海—奈姆：合體

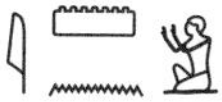
伊牧：隱藏

瑪爾：乾嘔

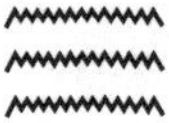

沫：水

梅德—瓦：說話

那達：保護

勒地弗：清潔

烏佩：打開

希涅恩：牙齒

桑—啊：現形

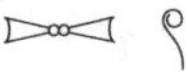

塔司：綁縛

名詞解釋

蘆葦地（AARU）：天堂。

安卡（ANKH）：象形文字「生命」的意思。

巴（BA）：組成靈魂的五種元素之一，人格。

孢（BAU）：惡靈。

貝努（BENNU）：鳳凰。

大儀式祭司（CHIEF LECTOR）：生命之屋的領導者。

通俗書寫體（DEMOTIC SCRIPT）：一種非正式的古埃及文書寫方式。

結德（DJED）：象形文字，代表穩定、實力與俄塞里斯的力量；也象徵俄塞里斯的重生。

杜埃（DUAT）：一個與我們的世界平行存在的魔法境地。

幻影（GLAMOUR）：魔法偽裝術。

小神（GODLING）：被神或女神寄宿在身上的人。

僧侶體（HIERATIC SCRIPT）：一種古埃及書寫系統，類似象形文字的，但較不正式。

象形文字（HIEROGLYPHICS）：一種古埃及書寫系統，使用象徵或圖像來指涉物體、概念或聲音。

伊比（IB）：組成靈魂的五種元素之一；心臟。

伊斯非特（ISFET）：混沌。

卡（KA）：組成靈魂的五種元素之一；生命力。

康達卡（KANDAKE）：戰士女王。

卡佩許劍（KHOPESH）：刀片打造成勾形的劍。

瑪特（MA'AT）：宇宙的秩序。

石室墳墓（MASTABA）：一種古埃及墳墓，頂部平坦，四面傾斜。

盤蛇圖（MEHEN）：一種古老遊戲，遊戲板造型像是一隻盤踞的蛇。

曼黑得（MENHED）：書吏石板。

奈截利刀（NETJERI BLADE）：以隕鐵做成的黑色刀片，使用於開口儀式。

行省（NOME）：行政區、地區。

奧斯特拉康（OSTRACON）：複數時稱為「奧斯特拉卡」（ostraca），用來書寫繪畫的破陶片。

帕安卡（PER ANKH）：生命之屋。

法老（PHARAOH）：古埃及統治者。

雷克希特（REKHET）：精通療癒魔法的魔法師。

仁（REN）：組成靈魂的五種元素之一；祕密名字。

沙赫拉布（SAHLAB）：一種溫暖的埃及飲料。

石棺（SARCOPHAGUS）：一種通常以雕刻和碑文裝飾的石棺。

燒（SAU）：飾品工匠。

聖甲蟲（SCARAB）：一種甲蟲，會把自己的糞便滾成球而聞名。

書吏（**SCRIBE**）：魔法師。

大祭司（**SEMPRIEST**）：資歷深的高階魔法師。

施奈特棋（**SENET**）：含有博奕特色的古老桌遊。

賽波帕（**SERPOPARD**）：一種有長頸子的神話動物。

賽特之獸（**SET ANIMAL**）：一種具有狗的外型、耳朵像冰淇淋甜筒形狀的神話動物；邪惡之神賽特的創造物。

薩布堤（**SHABTI**）：用陶土或蠟做成的魔法小雕像。

生（**SHEN**）：永恆的；永生。

舒特（**SHEUT**）：組成靈魂的五種元素之一；陰影。

叉鈴（**SISTRUM**）：青銅製的發聲器具。

蘇努（**SUNU**）：治療師。

翠蘇西魯（**TJESU HERU**）：有兩個頭（一個在牠尾巴末端）以及龍足的蛇。

切特（**TYET**）：一種魔法結，也是艾西絲的象徵。

昂首聖蛇（URAEUS）：有翅膀的蛇。

瓦思（WAS）：力量；工作人員。

瓦德捷特（WEDJAT）：荷魯斯之眼；力量與健康的象徵。

象形文字與英文字母對照表

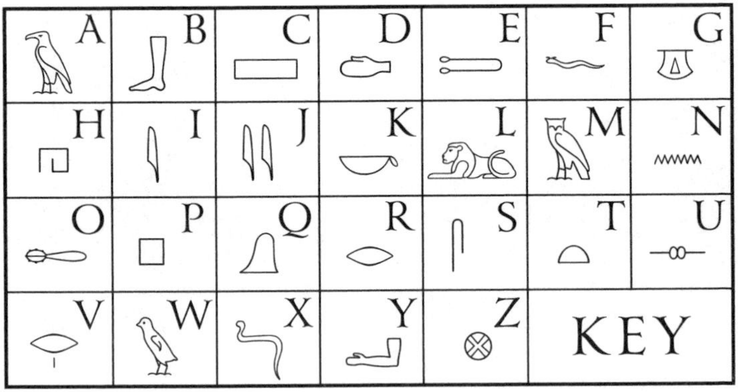

作者簡介

雷克・萊爾頓 (Rick Riordan)

美國知名作家，最著名作品爲風靡全球的【波西傑克森】系列。因爲此系列的成功，使他成爲新一代奇幻小說大師。在完成波西與希臘天神的故事後，萊爾頓緊接著的【埃及守護神】系列改以古埃及神靈與文化爲背景，而【混血營英雄】與【太陽神試煉】系列則接續了【波西傑克森】的故事，並加入羅馬神話的元素。另外還有以北歐神話爲背景的【阿斯嘉末日】系列。

想進一步了解雷克・萊爾頓的相關訊息，請參見他的個人網站：www.rickriordan.com

譯者簡介

楊馥嘉

交通大學外文系畢，美國紐澤西州立羅格斯大學婦女與性別研究碩士。從出版業神祕的版權，走入品牌文案與翻譯，又踩進廚房協助甜點研發，現爲自由工作者，熱衷產出文字與好吃的東西。童書譯作有《五個小紅怪》、《姊姊好聰明喔！》，另有兩本料理書譯作即將出版。

國家圖書館出版品預行編目 (CIP) 資料

埃及守護神：魔法師養成手冊 / 雷克・萊爾頓(Rick Riordan)著；楊馥嘉譯. -- 初版. -- 臺北市：遠流, 2020.05
面； 公分
譯自：From the Kane chronicles : Brooklyn House magician's manual
ISBN 978-957-32-8756-8(精裝)

874.57 109004386

埃及守護神

魔法師養成手冊

文 / 雷克・萊爾頓　譯 / 楊馥嘉

主編 / 林孜懃　封面繪圖設計 / 唐壽南　內頁排版 / 陳春惠
行銷企劃 / 鍾曼靈　出版一部總編輯暨總監 / 王明雪

發行人 / 王榮文
出版發行 / 遠流出版事業股份有限公司　台北市南昌路2段81號6樓
電話：(02)2392-6899　傳真：(02)2392-6658　郵撥：0189456-1
著作權顧問 / 蕭雄淋律師
輸出印刷 / 中原造像股份有限公司
□ 2020年5月1日 初版一刷

定價 / 新台幣320元（缺頁或破損的書，請寄回更換）

ISBN 978-957-32-8756-8
遠流博識網 http://www.ylib.com　E-mail:ylib@ylib.com
遠流雷克萊爾頓奇幻欄 http://www.facebook.com/thekanefans

From the Kane Chronicles: Brooklyn House Magician's Manual